禁止小镇的孩子们

［意］克里斯蒂娜·贝勒莫 著

吴雨欣　罗一多 译

人民文学出版社

天天出版社

著作权合同登记：图字 01-2022-1049

Diamoci una stregolata

©2022,by Edizioni Centro Studi Erickson SpA-Trento (Italy)All rights reserved

www.erickson.it

www.erickson.international

The Simplified Chinese edition is published in arrangement through Niu Niu Culture.

图书在版编目（ＣＩＰ）数据

禁止小镇的孩子们 / (意) 克里斯蒂娜·贝勒莫著 ;吴雨欣, 罗一多译. --
北京：天天出版社, 2023.11

（国际获奖大作家系列）

ISBN 978-7-5016-2171-2

Ⅰ.①禁… Ⅱ.①克… ②吴… Ⅲ.①儿童小说 – 中篇小说 – 意大利 – 现代 Ⅳ.①I546.84

中国国家版本馆CIP数据核字(2023)第200001号

责任编辑: 郭剑楠　　　　　　　　　**美术编辑:** 丁　妮

责任印制: 康远超　张　璞

出版发行: 天天出版社有限责任公司

地址: 北京市东城区东中街 42 号　　　　**邮编:** 100027

市场部: 010-64169902　　　　　**传真:** 010-64169902

网址: http://www.tiantianpublishing.com

邮箱: tiantiancbs@163.com

印刷: 天津融正印刷有限公司　　　　**经销:** 全国新华书店等

开本: 880×1230　1/32　　　　　　　**印张:** 8

版次: 2023 年 11 月北京第 1 版　**印次:** 2023 年 11 月第 1 次印刷

字数: 115 千字

书号: 978-7-5016-2171-2　　　　　　**定价:** 35.00 元

目 录

第一章 禁止说"禁止"!

宁静的"禁止小镇"上突然传来一声喊叫。

"够了!"就这样,跟所有的"禁止"一起滚蛋吧。

小镇上的所有小孩儿都在大喊大叫。

因为他们早就厌倦了所有的"不""不能""不应该""不可以""禁止""绝对不允许",类似的词语几乎出现在大人们的每句话里。

于是他们宣布了反抗。

这是一场正式的反抗活动,而不是普通的心血来潮。孩子们在自由广场举着横幅游行。横幅上用印刷体写着几句话:反对"不"、禁止说"禁止"、听够了"要做什么"、受够了"必须做什么"、废除"禁令"。

还有类似的其他标语。

没有在开玩笑，这不是一个游戏。

马可凭借着聪明才智被选为孩子们的代表，他刚刚掉了乳牙，还是学校滑板圈的传奇。马可留着一头蓬乱的红色长发，满脸雀斑。他郑重地宣布：

"禁止小镇"的孩子们，
我现在正式宣布，
废除所有的禁令。
从今以后，
只有我们能制定禁令。
以上。
番茄意大利面万岁，
我们要团结一致，
对"禁止"说不。

"禁止小镇"
禁令颁布

马可知道如何写一份宣言。他的爸爸马可·奥雷里奥是一名律师，以精明著称，他戴着假牙，喜欢把越野车开得飞快。马可总是能听到他的各种长篇大论，所以现在已经能够运用自如。

至于番茄意大利面，马可（当然不只是他一个人！）为之疯狂，所以把它放在宣言中似乎也不是什么坏事。

大人们听到宣言后目瞪口呆，没有再对孩子们说"不""不能""不可以""禁止""绝对不能"之类的话了。

最后，孩子们决定把这些话锁在厨房最下面的抽屉里。

第二章　吉诺的魔法

孩子们感到非常兴奋，他们可以开始制定自己的禁令了！

"我们必须组成一个团队，把所有人都团结起来。"孩子们互相鼓励，约好每天下午三点在自由广场碰面。

见面后，大家七嘴八舌，像蜜蜂一样嗡嗡作响，各种声音叠加在一起，一声比一声高。

与此同时，孩子们还要处理他们遇到的第一个紧急情况：作为反抗者，他们能吃的只有蔬菜浓汤，再也没有人会为他们做番茄意大利面。他们尝试自己做了一些番茄酱汁，但食谱上那些神秘的步骤：切碎、煎熟、慢炖、焖熟……实在难以理解到底要怎么做。

现在急需解决这个问题，于是孩子们想到了吉诺。

那位吉诺真的是太厉害了！

孩子们跟老师一起去拜访过吉诺。当时通知上写着"教学活动"，但实际上整个活动一点都不严肃，反而十分有趣。吉诺有两头奶牛、一头公牛、三只山羊（其中一只有胡子，另外两只没有）、十二只母鸡、一只公鸡（可以用胸腔共鸣唱高音）以及一群兔子。

说实话，吉诺是个脾气古怪的人，他居住的地方十分偏僻，在小镇后面的山顶上的一座小木屋里。

他有着一头凌乱的白发、天蓝色的眼睛、蓬松且微微卷曲的白胡子，他的笑容看起来像是画出来的。因为即使在下雨的时候，他也不会停止微笑。

吉诺个子不高，身材圆滚滚的，总是穿着短短的条纹裤、紧紧的格子衬衫、长长的波点背带以及滑稽的红色橡胶底短靴。

人们无法判断吉诺的年龄，不知道他尚且年轻还是已经年华老去。或许就连他自己照镜子时都不清楚。

没有人见过他因为什么事情而生气或者苦恼。快乐让他的眼睛眯得小小的，就像百叶窗的缝隙一样。

吉诺喜欢倾听：无论是两头母牛的哞哞叫（它们分别叫日内瓦和斯德哥尔摩，而公牛叫柏林），还是水手的故事。

他总是一边听，一边捋着胡须，脸上的笑容更加灿烂。

据说他十分有智慧，甚至传闻说他是一位魔法师，能够跟星星对话，他善于寻找美好的事物，如同在草垛中也能找到针一样，他也总能在生活中找到美好的事物。

如果他真的是一位魔法师，那么这就是他的魔法所在。即使他不是魔法师，吉诺也不会辜负孩子们的期望：他很乐意为他们准备一盘番茄意大利面，如果有需要的话，还会为他们准备其他美食。

第三章　禁止刷牙

当被问及能否为孩子们准备食物时，吉诺同意了。

他先是用手轻轻地摸了一下胡子，考虑了片刻便点头答应了，然后继续开始按照心里的音乐节奏，重新开始在草地上割草。

宣言发布以来，孩子们每天都上山，到吉诺家里吃饭。他们一边品尝盘子里的番茄意大利面，一边向他讲述他们制定的禁令。

吉诺自制的番茄酱风味极佳，面条也是他自己做的，鸡蛋则来自他养的十二只母鸡，它们分别名叫：罗马、伦敦、纽约、加尔各答、莫斯科、比勒陀利亚、卡萨布兰卡、马尼拉、堪培拉、波哥大、坎帕拉和廷巴克图。

显然，吉诺对地理和旅行充满热情，即使他从未离开过他居住的地方。

那只公鸡的名字叫作天王星，因为吉诺对天文学也略知一二。晚上他会用望远镜观察星星，望远镜中的星星离他是如此之近，近到仿佛可以和它们进行交谈。

谁知道孩子们会对星星说什么？而星星又会是用光还是声音来回应他们呢？

无论如何，孩子们充满自信地走上山，他们都已经饿得不行了，还在路上的时候就已经有无数个声音开始呼喊着吉诺。

他们将新的禁令写在了一张海报上，还将它编成一首歌谣，让孩子们传唱。

马可作为领头人，在众人面前大声宣读了禁令。他甚至为这个场合穿上了生日才会穿的衬衫。

禁止刷牙

即

拒绝牙膏和牙刷，

对孩子们来说，

这是真正的折磨。

让我们安静地吃饭，

吃任何我们想吃的东西，

不要再讲牙菌斑和蛀牙的故事，

这些只会让我们感到厌烦。

吉诺坐在木屋的外面，一边抽着香味浓烈的雪茄，一边凝望着天空，眼睛里闪烁着光芒。他认真听着孩子们的发言，并积极回应他们："太棒了！说得好！"说完吉诺开怀大笑，露出了洁白的牙齿。炉子上的水已经烧开，厨房里弥漫着意大利面和番茄的香味。孩子们大快朵颐，吃完后用软面包把盘子擦得锃亮。他们走到门前的空地上，坐在了草坪上。

"我突然想到一个故事……"吉诺说道。

天色慢慢变暗，他借着烛光开始为孩子们讲故事。

***

捕蛛女巫

很久很久以前，有一个相貌丑陋的女巫，简直已经丑到不能再丑了。尽管她的真名是"塞西拉"，还是被大家叫作"丑女巫"。她的头发花白，总是又脏又乱：她用猫骨头作为卷发器，用蜘蛛网做发网。她脸色发绿，脸上至少有 23 颗痣，黑色的毛发从痣的中间冒出来，就像喷泉喷出的水柱。鹰钩鼻的末端是一个红色的肉赘。她只剩下两颗牙齿，还是黑色的。她口臭难闻，跟她说话的时候，如果肠胃敏感的人会晕倒。她的手是紫色的，长长的指甲里全是污垢。脚是夸张的长方形，也很臭。

"丑女巫"总是穿着一条又脏又破的黑色长裙，戴着一顶破旧的黑色尖顶帽，穿着被蛀虫啃过的红色羊毛袜，脚上踩着一双后跟坏掉的拖鞋，脚指头都被迫蜷缩起来。

她住在一个黑暗、发霉的山洞中，里面堆满了蒸馏器、细颈瓶、长颈瓶和小药瓶，供她制作各种药水。她总是独来独往，当她邀请女巫朋友来家里喝茶或者利口酒时，大家总会找各种稀奇古怪的借口来拒绝跟她见面。"很抱歉，我要去烫头发。""太可惜了，我得回家晾衣服。""对不起，但我已经烤好了佛卡夏面包。"

如果她去商场买东西，店主们看到她就会拉下卷帘门，挂出写有"因为某些原因暂停营业"或者"我们已经搬迁到莫桑比克"的牌子。

"丑女巫"还有一个怪癖：她非常喜欢吃蜘蛛和各种虫子，当她看到蜘蛛时，就会忍不住吃掉它。她最喜欢吃的是塔兰托毒蛛沙拉或者黑寡妇蜘蛛比萨。无论是什么种类的蜘蛛，无论大小，都会让她垂涎三尺。她甚至有一本食谱，里面全是以蟑螂和甲虫作为食材的料理配方，但她最喜欢的还是蝎子蛋糕，总是用茶和利口酒配上蝎子蛋糕来招待她的朋友。只是，正如前面提到的，没有一个朋友愿意去她家里做客。当她去女巫超市（唯一一家允许她进入的超市）时，会在购物车里塞满速冻蜘蛛、真空包装的蜘蛛、蜘蛛肉排和保质期长的蜘蛛干，以免在短时间内还得去超市。

然而，最让她胃口大开的还是活蜘蛛：是的，她无法抗拒！

自己一个人在家的时候，"丑女巫"总是很孤单，无聊得要命。

除了制作药水外，她不得不发明新的活动来打发时间：玩填字游戏，采蘑菇（尤其是有毒的蘑菇），熨烫浴袍的腰带（即使她从来没有洗过），玩跳鹅游戏，因为没有人能看到她作弊，所以她总是赢。

有一天，当她在树林里为一个新的食谱（蜘蛛肉丸炖土豆）寻找活蜘蛛的时候，看到一位英俊王子路过，他骑着一匹黑色的骏马，神情倨傲。

"丑女巫"并非对男性魅力毫无感觉，相反，她对王子一见倾心，反正她也没什么别的事情可做，于是决定趿拉着两只破旧的拖鞋，去征服王子，嫁给他！

　　由于她固执得像块石头，就先准备了一种药剂，可以让她变得像公主一样美丽。她喝完了整整一大瓶，而不是一小杯，因此她变得非常漂亮，漂亮到让芭比娃娃都嫉妒。然后，她就到城堡的前面散步，假装在采摘雏菊，尽管那里只有杂草和荆棘（她还因此挠伤了自己）。

　　此时，王子正好要列队离开，去参加一个重要的会议，有名有姓的王子都会出席。看到少女容貌的那一刻，他就像被一道闪电击中，怦然心动。于是他把会议和政务抛到了脑后，立刻去认识那个迷人的少女，其实她就是"丑女巫"，尽管王子被蒙在鼓里，但我们都心知肚明。

　　王子和少女谈笑风生，聊了一天又一天，他们一起在月光下漫步，在城堡的露台上吃晚饭，在挂满镜子的大厅里跳交谊舞，就这样把婚礼日期敲定了。

　　婚礼的那天，你们可以想象，城堡被装饰得多么华丽。

所有的权贵和名流都受到了邀请，公爵、侯爵、伯爵、子爵、男爵，他们各自的配偶也都穿着束腰，化着精致的妆容，盛装出席。王子不再像平时一样穿着宽松的衬衫，而是身着燕尾服，裤脚翻边的长裤，缎面的鞋子，他激动万分，脸红得跟辣椒一样。

"丑女巫"刚刚在更衣室换好衣服，美得就像夏日清晨的阳光。

婚礼进行曲已经从礼堂传来，"丑女巫"突然看到一只巨大的蜘蛛在墙上爬行，她一跃而起，抓起蜘蛛放进嘴里，津津有味地咀嚼。

当女巫走进礼堂时，宾客们都被美丽优雅的新娘所折服。王子骄傲地环顾四周，似乎在说："看看吧，你们这些嫉妒我们的家伙，我可真了不起！"

然后就到了说"我愿意"的时刻，王子毫不迟疑地说出了那三个字，无法抑制内心的喜悦与激动，就像电视上演员演的那样。轮到"丑女巫"了，在说"我愿意"之前，她想要展示最后一个灿烂的笑容。

可怕！简直太恐怖了！这是吓死人的行为！在新

娘的门牙之间，人们可以清楚地看到一只黑色的、毛茸茸的蜘蛛脚。

王子惊恐地发出尖叫，抬起腿就跑，骑上他的骏马往世界的任意一个角落逃去。

"丑女巫"只好回到自己的家中。魔法也消失了，因为魔法已经被拆穿。

为了发泄愤怒，"丑女巫"一边玩填字游戏，一边大口吃着蜘蛛比萨。

***

夜幕降临，银色的月光洒满了整个小镇。

尽管孩子们都带着手电筒，但还是不敢独自从树林中的小路走回家。树林覆盖着山的一侧，将小镇的中心跟吉诺的家分隔开来。他们想象有一个丑陋的女巫躲在冷杉树后面，肮脏的脖子上挂着干蜘蛛做成的项链，随时准备出来吓唬他们。

不用孩子们开口说话，吉诺就明白了一切。他手里拿着一根多节的手杖，陪孩子们下山。

空气很新鲜，有树脂的味道。不知道为什么，他们觉得嘴里充满了苦涩的味道。所以孩子们一到家，都很快喝完一大杯水，然后就上床睡觉了。

第四章　禁止洗鞋

第二天，孩子们兴致勃勃地来到吉诺家中。

他们在自由广场召开会议，制定了一条新的禁令，并把它编成一首童谣。

孩子们迫不及待要把这个消息告诉他们的朋友。

这一次孩子们通过投票决定，由乔尔丹诺和达米亚诺兄弟俩来展示写有禁令的海报。这对同卵双胞胎的长相一模一样，几乎让人无法区分，只有他们的父母从来不会把两人搞混。他们有着玉米穗一样的金发，大海一样的蓝眼睛，如果没有任何防备地跟他们对视，你一定会心跳加快。兄弟俩个子不高，但是腿又长又瘦，跑起步来跟羚羊一样敏捷，有时候甚至能看到鞋底的火星。在竞速比赛中，没有人能与他们争锋，他们甚至可以让你五秒的时间先跑。

兄弟俩的阅读速度没有那么快，在宣读新的禁令时，总是磕磕绊绊的，但他们用庄重的声调弥补了这一缺陷。

禁止洗鞋

即

禁止清洗鞋子上的泥土，
我们刚刚结束战斗，
这只是闹着玩儿，
这很有趣。
但是欢乐的时光很短暂，
甚至一只鞋都诉说着，
只是不干净而已。

"很好！说得太棒了！"吉诺点评道。这天晚上，孩子们享用了美味的番茄意大利面，把厨房收拾得干干净净，然后吉诺邀请所有人坐在户外的木凳上，一

起听蟋蟀的音乐会。他们脱掉鞋子，把脚放在草地上。伴随着这样的背景音乐，吉诺，正如所有孩子们心中所希望的那样，开始讲故事。

心不在焉的管家

很久很久以前，在一座雄伟壮观的城堡里，住着一个专横跋扈的国王，人们对他的事迹早就有所耳闻。这位国王实在太过蛮横，以至于人们给他取了一个名字，叫作"我想要"，姓"所有"，绰号"立刻"。深受其害的是可怜的管家阿坎杰洛（大天使）：由于他太能忍耐，在 2 月 29 日，大概有一个小时的时间，他的头顶会出现光晕。

"我想要"国王每天都在发号施令，对什么都不满意。

"阿坎杰洛，我想要三个奶油泡芙、两个巧克力泡芙和一块干净的餐巾。"国王一醒来就命令道。阿坎杰洛向国王问过早安，随后打开阳台、拉开窗帘、叠好毯子、穿好拖鞋和睡衣。阿坎杰洛冲向楼下的厨房，为了加快速度，他直接坐在楼梯的扶手上滑下去。因此城堡的扶手总是被擦得锃亮……

当他端着托盘回去的时候，"我想要"国王又改变了主意。"我不想要泡芙了，难道你不知道我在十点到十点零五分要忌口吗？现在立刻给我拿一块苹果馅饼过来，有句谚语说得好：'每天一苹果，医生远离我。'"

国王的医生是个脾气暴躁的人，只要他到城堡里来，就会给国王开很多药：苦味的糖浆、洋蓟片、火葱药丸、蒲公英药粉，所以国王尽量不让医生进城堡。阿坎杰洛把国王的长袍挂在衣架上时，国王突然阑尾炎发作。

"阿坎杰洛，立刻去镇上的报亭，我想要世界上所有的报纸。""我想要"国王一边卷着他的胡子，一边大声命令道。阿坎杰洛马上冲向报亭。当他把所有的报纸夹在腋下，气喘吁吁地回来时，"我想要"国王大吼："我不要报纸！你难道不知道一边卷胡子一边看报纸会让我的眼睛疲劳吗？算了，去花园里给我摘五朵郁金香、七朵带刺的玫瑰、七朵不带刺的玫瑰，再抓一只蜥蜴做装饰品。"

阿坎杰洛在花园里忙得团团转，采摘花朵和茎叶上的刺，还要抓蜥蜴。但是蜥蜴们都已经知道了国王的古怪癖好，小心翼翼地躲避管家的抓捕，因此阿坎

杰洛只好用毛毛虫、蜈蚣或雪糕棒来凑数。

"陛下，我对蜥蜴的事感到很抱歉……"

"安静！""我想要"国王喊道，"你还想让我关心蜥蜴的事……难道你不记得我对以字母L开头[1]的动物过敏吗？去吧，给我准备野兔肉酱千层面。"

阿坎杰洛一时无法理解国王的意思，接下来他该怎么做？国王刚才不是说他对以L开头的动物过敏吗？（野兔也是以L开头的动物）

"这么跑来跑去，我都产生了幻觉……"阿坎杰洛感到很难过。

然而，国王的命令从未停止。

"给我织一条围巾。"

"给我扇风。"

"去把梳妆台的旋钮擦干净。"

"我不想听到鸡的咯咯叫。"

"打扫卫生时不要沾上灰尘。"

"尘土飞扬时记得把自己弄干净。"

"给我读一篇《神曲》。"（"我想要"国王是一个有

---

① 蜥蜴的意大利语单词为lucertole。

文化的人……）

命令一个接一个，永无止境。阿坎杰洛再也无法忍受这些无理的要求，于是他决定逃跑。他制订了一个完美的计划，研究了每一个步骤，评估了每一个细节，然后确定了逃跑的日期。那天晚上，在执行完"我想要"国王的所有命令后（拿一条羊毛毯子、一个亚麻枕头、一个用猫毛做的暖脚器、一杯加了冰块和橄榄的热甘菊茶、一个带有粉红色花朵的夜壶……），阿坎杰洛筋疲力尽，为了更加舒适，他换上了运动服和运动鞋，然后就出发了。

因此，当他在黑暗中穿过军械库时，在闪亮的白色大理石地板上留下了显眼的棕色脚印。在花园的小路上也是如此，白色的鹅卵石让脚印清晰可见。

"我想要"国王半夜突然惊醒，头戴绒线帽站在床上，咆哮道："阿坎杰洛！我要你马上来赶走我的噩梦，我想要一个甜蜜的梦！"

阿坎杰洛没有出现，"我想要"国王开始产生怀疑。

他一直把号角放在床头柜上，就在他的假牙和他

母亲奎科曼多奥女王的照片旁边。国王拿起号角召唤卫兵，命令他们追赶逃跑的阿坎杰洛，就算追到月亮上也在所不惜。

命运给阿坎杰洛开了个玩笑。那天刚好是满月，在月光的照亮下，泥泞的足迹很容易被发现。卫兵们非常轻松地找到了他，这个可怜虫很快就被带到了"我想要"国王的面前。

但是，阿坎杰洛并没有放弃，他不得不开始制订新的逃跑计划。在这期间，他还要不断执行"我想要"国王的一个又一个命令，实在太不容易了。

***

"'我想要'国王太讨厌了！"孩子们感叹道，"他甚至穿着拖鞋 ciabatte。"他们认为可以好好给他上一课。

然后，他们穿上鞋子，沿着森林小路奔跑，吉诺远远地跟在后面，他闭着眼睛也知道每块石头、每棵树和小路的每个弯道。

脚上有一双结实的鞋子真是太好了！

　　你可以穿着它们跳过最锋利的石头，而不会感到疼痛，还可以蹚过曲折蜿蜒的小溪，甚至不会弄湿你的袜子。

　　广场上，孩子们互相道别后，就各自跑回家中。进房间后，他们换上睡衣，不一会儿就进入了梦乡。

第五章　禁止有序

这群参加抗议的孩子正在小路上拼命奔跑。

那天下午，他们出发时间比往常更早，孩子们迫不及待地要见到吉诺，想要告诉他新的禁令。

天空是蓝色的，阳光有点刺眼。天气十分炎热，孩子们额前的汗水像珠子一样往下掉，在阳光的照耀下闪闪发光。

走在队伍最前面的是玛蒂娜，一个胖乎乎的小女孩，皮肤跟牛奶一样白嫩。玛蒂娜特地在脸颊上画了两个红色的圆圈。她一路上气喘吁吁，为了节约力气，她路上一个字也没说。以往她都走在队伍的最后，但是今天轮到她来宣布禁令，所以她站在了最前面。

当到达山顶时，她躺到了吉诺面前的草地上。吉诺正大口地抽着雪茄，因此他没有说话，只是用手做了一个问候的手势。

趁着等大家到齐的间隙，玛蒂娜渐渐平缓了呼吸，因为太过疲劳，她的声音仍然有些沙哑。她念道：

禁止有序

即

世界上最快乐的事情就是玩耍，

玩耍就像饮用水一样不可缺少，

我们想要玩各种各样的游戏，

尽管游戏很多，但对我们来说太少。

我们只想玩耍，

没有时间来整理。

"禁止小镇"的孩子们特别赞成这项禁令。

吉诺没有忘记表达他的赞赏："很棒！说得好！"他一边拍手一边大声喊道。

过了一会儿，他走进厨房，开始做番茄意大利面，然后把面条分装在盘子里：这一次吉诺把食物拿到了户外，孩子们用前所未有的速度清空了盘子。

在他们收拾了饭桌，洗完盘子并晾干，把所有的东西放回原位后，吉诺笑着说："如果我喜欢，那就是真的喜欢！对我来说，玩耍也是世界上最美妙的事情之一。"然后他开始在斜坡的草地上打滚儿。孩子们呢？他们也一起在草地上打滚儿，笑得前仰后合。最后他们滚到了草地的尽头，一个个像香肠一样散落在树林的边缘。他们躺在地上，在无数小蚱蜢的跳跃中呼吸着夏天的气息，耳边是吉诺低沉的嗓音，那声音就像施了魔法一样缠绕着你的耳朵。

杰西卡将军

"如果在十分钟之内，

你们没有把这个猪圈一样的地方收拾好，我们会让房间里的所有东西永远消失。”

爸爸妈妈原来只是打算站在房门口看看，检查孩子们的背包有没有收拾好，看到房间状况的那一刻，他们惊呆了，开始对着孩子怒吼，两人的声音似乎合二为一。正好到了夏天，一家人准备出发去旅行。问题是，里奥和贝亚没有把他们的玩具整理好。

不管父母如何要求他们，房间看上去总是跟战场一样，想要走到床边，最好能长出翅膀飞过去，或者先去报名参加野外求生的课程。

在玩具收纳篮里，除了几个毛绒玩具外，还有书本、凑不成对的脏袜子，以及上科学课时在树林里收集的树叶。这些叶子被遗忘在篮子里，已经变得皱巴巴的。玩偶和皮筋（上面还有卷着的头发）被随意地放在床头柜上，还有黏糊糊的空茶瓶和几个杯子，如果晚上醒来口渴，可以用它们喝水。毯子乱成一团，看起来像刚刚遭受过龙卷风的袭击。书桌上散落着许多未完成的画稿，很多东西都被埋在画稿的下面，有学校的笔记本、绑礼物的丝带、礼物盒上掉下来的圣诞装饰、马克笔的笔帽（马克笔不知所踪）等。床底下也什么都有：奶奶的明信片，上面写着"来自大海的吻"，从袋子里掉出来的玻璃弹球和一只小三个尺码的拖鞋。

"是我听错了，还是他们刚刚确实说了猪圈？"贝亚问道。

"是我理解错了，还是他们真的说了要永远消失？"里奥说。

他们交换了一个会意的眼神，几秒钟后他们看起来像是清洁公司的创始人："一分钟之内，我们把所有东西放回原位。"

只用了很短的时间，房间就恢复了整洁，一切看上去井井有条。但是，如果有人检查过衣橱、抽屉和收纳篮，就会发现里面依旧混乱：做蔬菜汤的玩具和各种杂七杂八的玩具。

但是里奥和贝亚必须出发了：妈妈和爸爸已经坐在车里，一直在按喇叭。

表面上井井有条的房间恢复了安静。

没有人能想象接下来会发生什么。

贝亚最喜欢的洋娃娃匆忙中被放进了里奥的城堡中，城堡中还有所有的骑士和没有笔帽的黑色马克笔。

贝亚的洋娃娃非常漂亮，有着绿色的眼睛和金色的长发，身穿华丽的粉色荷叶边晚礼服，她的名字叫作杰西卡。

想象一下，在一群身披铠甲、骑在马背上、全副武装、肌肉发达的大个子中间，洋娃娃的存在会产生怎样的后果。

"女人不能待在这里。"一个骑士干巴巴地说道，他拿着盾牌和长矛，戴着头盔，拉住马的缰绳，马高高抬起前蹄。

"很显然，我不是自愿来这里的。"洋娃娃生气地回答，"是有人把我放在这里的。我当然更想留在我的泳池别墅里，或者我的草莓味房车里。"

"无论如何，你必须离开，这里随时都有可能受到袭击，你可帮不上什么忙。"士兵厉声说道。

杰西卡对于这种缺乏骑士精神的行为非常愤怒。

"说到袭击，"她讽刺地反驳道，"你们的部署这么混乱，敌人早晚会把你们打成肉泥。"

提到肉泥，总是让人胃口大开（众所周知，士兵们总是缺少补给）。但是这队骑士的将军，由于近日连连惨败，开始怀疑自己作为军队指挥的能力，突然感到被刺痛一下。

"这位女士对我们的战略布局有什么批评建议吗？"他问道。

"战略布局！"杰西卡笑道，"你们的战略真是灾难性的混乱！我陪伴我的小主人很多年了，她总是研究历史书上的英雄事迹。我现在对军事艺术了如指掌。"杰西卡愤怒地总结，礼服上的荷叶边都跳动起来了。

看到如此自信的杰西卡，骑士们惊讶万分，这种杀伐决断的气质是他们从未在首领身上见过的。他们的将军总是犹豫不决，更何况当敌军正气势汹汹地逼近。

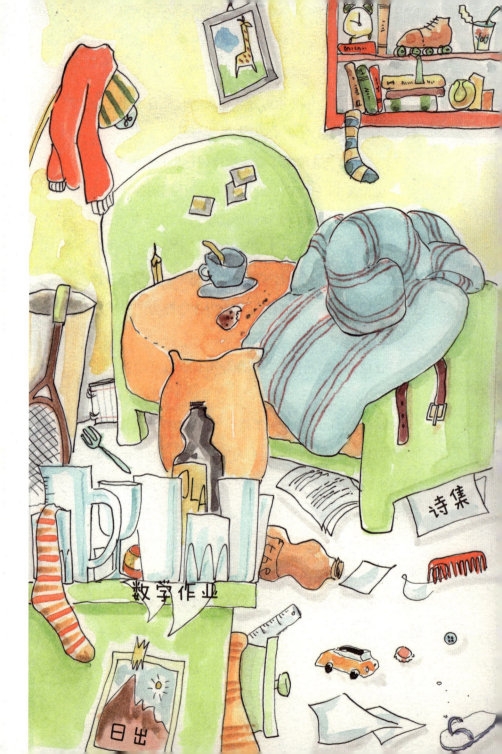

因此，这位将军决定做一件他一生中从未想过的事情。

"尊敬的女士，如果您愿意担任我们这支部队的首领，我将非常荣幸地听从您的命令。"他压低声音说道，同时把头盔拉到鼻子上方，这样其他人就听不到了。

杰西卡听得很清楚，没有让他说第二遍。

将军把他的制服给了杰西卡（将军不得不穿着短裤和条纹背心上战场）。这一次，杰西卡指挥骑士军队取得了有史以来第一次压倒性的胜利。

敌人们浑身酸痛，倒在印有泰迪熊的垫子上。有人丢了头盔，有人丢了盾牌，还有人丢了剑，甚至有人连马都找不到了。

杰西卡爬上书架的最顶层，挥舞着红色的旗帜，旗帜上面印有军队的标志——龙。而骑士们则用他们的塑胶手鼓掌，向新的首领致意。

里奥和贝亚从外面旅游回来时，对眼前的场景目瞪口呆。

洋娃娃杰西卡，是多么的温柔甜美，现在正穿着将军的衣服，站在一群士兵中间，因为战斗而满身污泥，神情骄傲又残忍，脸颊上隐约还有黑色的胡楂。

而里奥的骑士们，则像害羞受惊的少女，垂头丧气地散落在地上。

至于里奥最爱的将军，他也是里奥心中最强壮、最英勇的人，此时正穿着内衣站在一旁，认真地擦着杰西卡的粉色高跟鞋。

从那天起，里奥和贝亚就不再用各种玩具做蔬菜汤了。

至少在相当长的一段时间内，他们不会这么做了。

***

奇怪的是，听完这个故事，孩子们都一言不发。

女孩儿们想到了自己的洋娃娃，男孩儿们想到了他们的玩具士兵和超级英雄。他们急着回家，想知道他们的玩具身上有没有发生什么奇怪的事情。

孩子们走在吉诺的旁边，吉诺的拐杖碰到小路上的石头，发出嗒嗒的声音。一群人安静而有序地走着。

到了自由广场，孩子们约定好了第二天的行程，就各自回家了。一到家，他们就立刻跑回自己的小房间。

孩子们把洋娃娃、玩具士兵和超级英雄收集起来，带到床上，放在被子里保护好，防止玩具被卷进任何战斗中。

几分钟后，孩子们就开始打鼾了。

第六章　禁止关电视

　　孩子们现在对这些禁令已经很熟悉了。开会的时候，每个人都要提出十几条禁令。因此他们决定通过投票来表决，把得票最高的禁令写在海报上，并告诉

吉诺。

除此之外，禁令还被写在了一本大的红色硬面笔记本上，取名为《新儿童禁令法典》。

这次轮到马蒂亚担任宣读禁令的代表。他是个精致又讲究的人，总是把事情完成得很漂亮。马蒂亚打上了祖母送给他的领带，上面还印有小鸭子的花纹。

这条禁令正是他提出来的。

禁止关电视

即

电视是一项伟大的发明，而且非常有趣。

当你看电视的时候，不需要做任何事情。

没有做不完的家庭作业，也不用遵守作息表。

想想吧！噢，不，你甚至都不需要思考。

坐在沙发上，只需要一个遥控器。

就可以在一秒钟内打开这个有趣的世界。

"太棒了！说得好！"吉诺像往常一样说道。

那天晚上，番茄意大利面有种特别的味道，孩子们多吃了一份，当然也有一部分原因是为了制定禁令，孩子们消耗了很多精力。众所周知，饿着肚子可做不成发明家。

稍作休息之后，孩子们在木凳上坐好（吉诺把树干砍下来，做成木凳）。风吹动树叶沙沙作响，让人耳朵发痒，孩子们静下心来，挺直背部，睁大眼睛，竖起耳朵等着听吉诺讲故事。

吉诺没有让他们失望。

卡罗的诗

卡罗的电视整天都监控着卡罗，它用电视节目盯着卡罗，电视节目里面似乎什么都有。卡罗也总是盯着电视：他们陪伴彼此，度过了一个又一个孤单的下午，他俩因此成为好朋友。然而，电视的脾气古怪得很！

它不想卡罗有其他玩伴，不想卡罗骑着自行车出门兜风，也不想卡罗为了完成作业而关掉它。

真烦人！

"来吧，亲爱的小卡罗，我要给你看一些非常有趣的东西……"电视机用甜美的声音在卡罗的耳边低语。

的确，电视总会展示一些好玩的东西。

而且电视不会责备他，不会因为时间到了就催促他，不会要求他摆好餐桌或者系鞋带，更不会强迫他穿着得体，也不要求他必须去擤鼻涕。

因此，卡罗总是和电视待在一起，就像跟朋友在一起那样舒服自然。卡罗学会了像电视一样说话，像电视一样做事情，像电视一样思考。但电视有很多不同的思考方式，卡罗总是会感到困惑。

然而，电视没有从卡罗那里学到任何东西。因为当卡罗坐着看电视时，其他什么事情都不会做。

一天，卡罗突然变了。

卡罗喜欢上了他的同桌阿丽安娜，当他看着她时，感觉肚子里有蝴蝶在飞舞，仿佛能听到小提琴演奏的声音，闻到妈妈做的巧克力蛋糕的香味。

卡罗希望能一直跟阿丽安娜待在一起……渐渐忘

记了电视。

但是阿丽安娜不一样，她感觉不到肚子里的蝴蝶，也听不到任何声音，闻不到任何味道。卡罗意识到他必须做些努力改变阿丽安娜的态度。

思来想去，卡罗决定为她写诗。

"大人都是这么做的，不是吗？"卡罗自言自语道。

于是他写了第一首诗：

如果你想要开始一段冒险，

改变你一成不变的生活。

如果你想要运动外套永远干净，

和我一起吧，不要再等待了。

我从不会感到害怕。

第二首诗：

我从未告诉过你，你是独一无二的。

就像我最喜欢的电子游戏，

就像最新款的手机，

就像早餐时吃的点心。

第三首诗：

> 我是最好的，
> 我穿着最时尚的衣服，
> 都是精心设计的名牌，
> 专门为你而准备。

但是他的努力落空了，他的肚子里再也没有蝴蝶飞舞，没有小提琴的声音，也没有巧克力蛋糕的味道。

到底是怎么回事呢？因为，阿丽安娜更喜欢和安东尼奥一起玩。

阿丽安娜的眼睛明亮又迷人，扑闪的睫毛就像蝴蝶扇动着翅膀。她脸颊泛红，嘴角露出甜美的微笑，让人不禁就会想到甜甜的奶油和草莓。

但安东尼奥呢？他身材瘦小，戴着厚厚的圆框眼镜，头发像干草扫帚一样枯黄，而且还戴着牙套。

"那家伙有什么地方比得过我的吗？"卡罗咕哝道。

实际上，安东尼奥是一个优秀的发明家：长大后肯定会声名远扬，然后就会出现在电视里！

让我们来看看他的一些发明，这里给你们举几个例子。

在一个月圆之夜，他发明了一把伞，用来阻挡别人的嫉妒。如果你数学考了满分，不想受到同学的嫉妒，只需要撑开这把伞，嫉妒就会像脚踩香蕉皮一样溜走。在夏天的黎明，他发明了一个生日乘法器：这是一个不可思议的装置。只需要输入一个日期，它就会自动乘以七十三，也就是过七十三次生日。因为过生日次数太多，就还需要一个自动灭烛器，这样就不用耗费太多力气去吹灭蜡烛，当然安东尼奥也发明了自动熄灭蜡烛的工具。

中午的时候，当大家在学校食堂吃米饭和豌豆的时候，安东尼奥发明了一个纸飞机飞向阿丽安娜，那只纸飞机可以正好落在阿丽安娜的桌子下面。然后只需要吹口气，它就可以重新起飞。

卡罗的诗都是用广告词拼接而成的，非常平庸。他也试着把诗写在纸飞机上。但是他的飞机的飞行时

间特别短，最后掉进了垃圾桶里。

卡罗没有放弃，他决定创作更多的诗，来宽慰自己。

***

夜幕降临，孩子们抬起头来，看到头顶上奇迹般的景象。星星散发出金色的光芒，时不时眨一眨眼睛。多么壮观的景象啊！星星就在那里，向孩子们尽情地展示自己，哪怕就这样看一整夜，也不会感到厌倦。

孩子们成群结队，在暮色的笼罩下，跟随着吉诺的拐杖敲击石头的节奏，很快就走到了自由广场。那里，每个人的眼睛仍然充满魔力，然后孩子们各自回家了。

51

第七章　禁止吃蔬菜

那天下午他们一起上山去找吉诺，一路真是太有趣了。孩子们发现小路两旁满是美味，有覆盆子、蓝莓、黑莓、野草莓和醋栗。

"你们快来看，我发现了什么宝贝！"

"哇，这里也有好多呢！"

"快！我们快去！"

他们痛痛快快地大吃了一顿，度过了愉快的时光，这份美好的回忆将伴随他们一生：

他们的手指和鼻尖都被染成了紫色，就连那晚代表孩子们发言的罗伯特，也吃得不亦乐乎，嘴唇周围留下了一圈红色的胡须，让他看起来就像是"环球马戏团"里的小丑，每年夏天这个马戏团都会来到"禁止小镇"，给大家表演走钢丝和其他各种杂技。

禁止吃蔬菜

即

　　葱花、西葫芦、卷心菜、胡萝卜，

　　略略略！

　　我宁愿饿肚子。

　　紫甘蓝、洋蓟、萝卜、茄子，

　　呸呸呸！

　　今晚我不要吃晚餐。

　　西蓝花、菊苣、菠菜、花椰菜，

　　唉！

　　即使我饿了也不想吃！

"好样的！说得好！"吉诺称赞道。然后他从屋外将还冒着热气的番茄意大利面端了进来，装入大陶盆中。"看来你们今天收获颇丰，采了不少浆果呢！"吉诺看着孩子们小花猫一样的脸和手评论着，他的大胡子下带着笑意。"是呀是呀！"他接着说，"大地每天都为我们带来许多奇迹。"吉诺开始在他家门前慢慢地来回走动，开始讲述新的故事。

***

蔬菜汤公主

很久很久以前有一个王子，到了适婚的年纪。

于是整个王国都在为他寻找一位真正的公主，因为只有真正的公主才配得上这样一位即将继承王位的少年。

就如同所有故事里那样，皇后想要在新娘的选择上展示自己的发言权。因此当新娘候选人进入城堡后，她便开始采取了她的行动。你们知道她的计划是什么吗？就是在 20 层床垫下面藏一颗豌豆的老把戏！然后再在上面铺上毯子、羽绒被、枕头、靠垫、床罩这一套。你们都记得那个童话故事，对吧？只有睡在这么多层铺盖上，还能感受到豌豆的女孩，才能证明她是一位真正的公主，因为只有真正的公主的皮肤才会如此细腻又敏感。

但现代的女孩子们老早就知道这一招了（我们都知道现在的消息传播得有多快），并且都为此做了准备。

第一位候选人衣着华丽优雅，她进到城堡的塔顶，

在铺满被子枕头的床垫上过了一夜，她知道皇后在床垫最下面塞了一颗新鲜的绿豌豆。第二天当她出现在王室大厅时，当着王子和他妈妈的面，用一种难过的口吻说："哎呀呀，哎呀呀，疼死我了！我一晚

上都没法合眼，谁知道床上有什么东西！"

但是皇后用一种威严且不容置辩的口气回复道："你这个美丽的骗子！我昨晚去你的房间偷偷观察你，你睡得很沉，就像一块石头，而且你的鼾声都快赶上蒸汽火车了！"就这样，第一位候选人羞愧得满脸通红，甚至都没有道别就赶紧逃离了城堡。

第二位候选人，有着仙女般的美丽面容，但十分狡猾，她走入塔顶在羽绒被上过了一夜。第二天早上，她出现在皇室大厅，当着王子和他妈妈的面，用一种抱怨的口吻说道："哎呀呀，哎呀呀，疼死我了！我一晚上都没法合眼，谁知道床上有什么东西！"她已经牢牢背下这句话了。

"你这个美丽的骗子！"皇后突然说道，"你的床垫之间什么都没放，任何一颗小豌豆都没有！"第二位候选人说了一句："哦，对不起，我忽然想起来我家里还有些事情，下次再见。"然后垂头丧气地走出了皇宫，再也没有人看到她。

第三位候选人，脸颊丰满、身材圆润，晚上她把自己锁在房间里：她在床垫下面翻了很久，终于找到了那颗刚从菜园里采摘回来的新鲜的小豌豆，她贪婪地将它吃掉了。

第二天，当她站在王子和皇后面前，人们急切地想知道这一位是不是真正的公主时，她却说了这样一句话："我在我的床上发现了一颗美味的蔬菜。如果还有其他的，我会非常愿意再多尝尝。"

皇后火一般的目光都快要将这个贪吃的姑娘烧成灰烬了，那个不幸的女孩轻咳了一声，微微鞠了一躬，默默地离开了，没有再说一句话。

还有许多有可能成为王妃的候选人，都因为这样或那样的原因，被皇后发现离真正的公主相差甚远。

直到最后一位候选人的出现，她十分疲惫，因此渴望能够好好睡一觉。但是一直有个什么坚硬的东西硌着她的背部，导致她辗转反侧，难以入睡，最后她决定起身去找找看，究竟是什么东西让她这么不舒服。找呀找，找呀找，终于她在床垫、毛毯、羽绒被、枕头、床罩这层层叠叠像宝塔一样的铺盖下，发现了一颗漂亮、圆润又坚硬的豌豆。

"哦？"她惊讶地说道，"为什么会有一颗豌豆在这里?"她是一个来自乡下的纯朴的姑娘，对那个著名的故事一无所知。

黎明时分，第一批踏入厨房的女仆们提前开始准备午餐，她们惊奇地发现这位"公主大人"正在灶台前忙碌，她们便跑去叫皇后。

王子和他的母亲，匆匆跟在厨师长后面，发现这位出现在自己面前的女孩，穿着大围裙，头发凌乱，脸颊通红，正一心一意地用大勺子搅动着蔬菜浓汤。

"我的亲爱的小姑娘，你在忙些什么呢？难道你不知道，对于一位真正的公主来说，做这些卑微的工作是不合适的吗？"女王责备道。"我亲爱的皇后，"女孩的手还散发着迷迭香和鼠尾草的香味，回答说："昨晚我无法入睡，因为有一件小小的、坚硬的东西让我的背部感到非常不舒服。然后我在床垫里面翻找，结果发现了一颗豌豆：谁知道它是怎么到那里去的！然后我也已经睡不着了！就想利用这段时间把这豌豆和您神奇的菜园里种的其他美味的蔬菜结合起来，像西葫芦、胡萝卜、洋葱、马铃薯、芹菜、小葱和香草。在柔和的晨曦中，它们被露水包裹着，像宝石一样闪闪发光，所以我就在炉子上煮了这个美味的蔬菜汤。"

女王就要发怒了，一股白烟已经开始从她的鼻孔和耳朵里冒出来，伴随着巨大的鼻息声。

王子站在锅边，直接用勺子从锅里盛了些汤尝了尝。他评论道："多么绝妙的美味！"然后下令说，"这道菜应该立刻分发给整个军队。"那天，由王子率领军队出征，打败了敌人，胜利而归，这一胜利被载入史册，至今仍被铭记。

不久之后，这位勇敢的、胜利归来的美食家王子与蔬菜汤公主喜结连理，举办了婚礼，但是新娘手中没有拿捧花，而是提着一篮子漂亮的新鲜蔬菜，篮子里装满了新鲜的花椰菜、洋蓟和西蓝花，以纪念他们第一次幸运的相遇。

蔬菜汤公主和皇后重归于好，也在婚礼上收到了来自皇后美好的祝愿。

他们从此幸福地生活在一起。炉子上总会炖着蔬菜汤。

***

吉诺知道的东西比书上还多，他是一个名副其实的故事宝库。

孩子们在吉诺的陪伴下一起回家，一路唱着歌。他们打算明天带上几个篮子，里面放一些他们今天品尝过的"森林宝石"，让父母也尝一尝。带着这个念头，他们闭上眼睛，不一会儿就进入了甜蜜的梦乡。

第八章 禁止系安全带

那天去吉诺那里的时候，孩子们决定走一条新的小路，因为他们之前经常走的那条路上的水果，几乎已经被采光了，篮子里已经没有什么东西可装了。

这条新的路更快，但也更危险，因为需要踩着石头过小溪，很容易滑倒，甚至有些地方靠近悬崖，年长一些的孩子需要照顾着更小的孩子们，紧紧地握着他们的手，帮助他们走过最艰难的路段。

那天轮到莫妮卡来宣布禁

63

令，她缝制了一面旗帜，上半段用大大的红字写着"'禁止小镇'的孩子们"，旗帜下半段画了三只彩色的风筝在蓝天中自由地飞翔。

小团队成员们都很高兴能有自己的旗帜，可以在所有的活动中自豪地带上。当他们到达山顶吉诺的家时，他们感觉自己像一支乐队，莫妮卡高高举起了旗帜，声情并茂地宣读了她的禁令：

禁止系安全带

即

呼呼呼，呼呼呼，翻来覆去地呼呼呼，

你能听到我喘气的声音吗？

它紧紧地勒住我，

让我喘不过来气。

我在车上的时候，

这条烦人的安全带压得我很难受，

我想要自由地活动，

我要解开它，

因为我知道，

反正最后什么事也不会发生。

"好极了！说得好！"他们在大橡树下吃了番茄意大利面。橡树下面还有一架秋千：那是一个四面都围起来的椅子，吉诺用一根结实的绳子把它固定在了这棵粗壮的大树最牢固的树枝上。孩子们轮流坐上去玩，当秋千荡到高处的时候，仿佛可以触到天空。等到所有的小朋友都体验过飞行的快感后，他们回到橡树下面坐好，吉诺要开始讲故事了。

***

危险之海

九、八、七、六、五……

是的，现在正在倒计时，宇宙飞船"乔昆迪亚2011号"即将发射进入太空，这项任务经过了详细的准备现在已经到了最后的收尾环节。它是有史以来最重要的太空旅行之一。你敢相信吗？这次的宇航员们全都是小朋友，没错，船员是由八名小朋友组成的，男女各半。

现在让我们来介绍一下这几位船员：

玛尔塔，爱歌唱和跳舞的艺术家：她会给大家带来乐趣；

皮耶罗，照片收集爱好者：他负责拍摄这次远征的照片，并将它们制作成一本相册；

托比亚，游戏天才：他负责操控宇宙飞船的电子设备；

奥罗拉，对急救知识了如指掌：她将为同伴提供各种帮助；

洛里斯，有抱负的小主持人：他将在整个旅程中与地球基地保持联系；

赛琳娜，故事作家：她将记录下所发生的一切；

马泰奥，美食家：他将负责分发糖果形式的粮食；

伊莲娜，体操冠军：她将有幸作为第一个登陆并进行历史性行走的船员，另外她还肩负着完成翻两个跟头的光荣任务。

另外，我们伟大的八人团还将前往法布罗萨 III 号星球，据说很久以前有过另外两颗法布罗萨行星。但第一颗在罗马时代就神秘地消失了，而第二颗则在 20 世纪初被一场流星雨摧毁了。现在只剩下第三颗，但它也不会留存太久，因为经过科学家的计算结果显示，它很快就会被一个贪婪的黑洞吞噬，这个黑洞已经吞噬了一些星座、几颗卫星和几颗行星。前往法布罗萨 III 号星球的任务紧迫且重要，因为根据卫星的模糊的图像显示，这颗行星上有着令人惊叹的儿童玩具：在地球上从未见到过这些玩具和游戏，哪怕是地球上最有天赋的游戏制造商也无法想象和制作出来。于是经过严格的选拔（包括对母亲的思念抵抗力测试、禁食薯条和对电视的戒断试验）以及几个月漫长的训练，我们终于迎来了起飞的关键时刻。

一切都经过了多次的测试和排练，比圣诞节的节目表演，还有钢琴独奏表演训练的次数都还要多得多。

三、二、一、零！

唔……

"乔昆迪亚 2011 号"宇宙飞船如愿起飞，它的轨

迹没有任何偏差，也没有丝毫犹豫。几秒钟后，它就已经进入太空，来自世界各地的观众都爆发出了热烈的掌声。洛里斯的声音传来："报告基地，一切顺利，这里真是个童话般的地方！"他的发音完美无瑕，就像真正的电视新闻主播那样。皮耶罗拿起了他特制的相机，而赛琳娜则拿起了纸和笔，准备记录下这次非凡的冒险。"基地，基地，我们现在只需要穿过危险之海，就能看到法布罗萨 III 号星球了！"几分钟后，洛里斯用胜利的口吻补充道。

危险之海是所有行驶路径中最危险的地方之一：许许多多的卫星都在那里神秘地消失了，再也没有了消息。

突然，吱！基地时刻关注着船员们情况的科学家的耳机里响起了巨大的杂音，砰砰砰的声响甚至震得那些比较瘦的科学家从椅子上摔了下去，趴在了地上。

随后是其他较轻的砰砰声，紧接着是一连串无休止的嘎吱声，沙沙、吱吱、嗡嗡……

然后就什么声音都没有了。

"这里是基地，我们听到了巨大的奇怪的声音，发生了什么？请回话，'乔昆迪亚2011号'，请回话。""……""这里是基地，'乔昆迪亚2011号'，听到请回答。"基地的科学家开始做加法、减法、乘法、除法，试图了解发生了什么情况。

直到……

"'乔昆迪亚2011号'回复基地：我们已经穿越了危险之海……"一阵欢呼声从基地升起，大家都欣喜若狂。"但是，等一等，基地……"飞船上传来洛里斯沮丧的声音，"我们不得不告知大家，在穿越危险之海时，飞船的一个舱门莫名其妙地打开了，由于皮耶罗和赛琳娜没有系上安全带，他们被甩了出去，我们无能为力……"

基地再次陷入寂静。所有的希望似乎都破灭了。

突然，在一片沉默中……

　　"咔咔咔……咔咔咔……嗡嗡嗡……基地，我们是皮耶罗和赛琳娜。我们正在用我们的超级便携式电话和你说话，听到请回答，嗡嗡嗡……"

　　"哦，谢天谢地！"基地首长大声喊道，感谢上天，这个感谢倒是很贴切。

　　"皮耶罗和赛琳娜，你们还活着，你们都还好吗？"

　　"咔咔咔……当然，基地，我们还活着，我们很好，咔咔咔……咕呱咕呱……咕呱咕呱……"

　　"但是，我们这边听到了一些奇怪的声音……"

　　"哎哟，哎哟，哎哟，是的，基地。我们不晓得我们现在是在哪里。咕呱……我们被扔进了某种全是烂泥的小湖里。呕……我们被奇怪的绿色和棕色生物所包围……呕……这里的植物非常茂密，咕呱咕呱……你几乎看不到任何东西。还有一股恶心的臭味……"

基地的人面面相觑。首长已经明白了："我想我可以比较肯定地说，你们是在咕噜咕噜星球上被甩出的：那里有泥泞的池塘、成千上万的青蛙、蜥蜴、芦苇和腐烂的海藻。根据我们从卫星上得到的信息，你们只有可能是在那里。""咕呱，收到基地，呕……"皮耶罗和赛琳娜沮丧地在一片藻类中回答道。与此同时，'乔昆迪亚2011号'顺利降落在了法布罗萨 III 号星球上。"基地，这里简直就是一个仙境。有着许许多多令人惊奇的玩具和游戏，你甚至可以用脚指头触摸星星！"洛里斯喊道。

"我们正在滑入泥潭！啪嗒……"皮耶罗和赛琳娜喊道。

这边喊着："我们在银河中滑行！"

那边喊着："一股馊掉的牛奶的味道！"

这边喊着："我们飞过法布罗萨 III 号的上空欣赏着它的美景！"

那边喊着："青蛙跳到了我们身上！"

这边喊着："太不可思议了！我们可以用行星环做呼啦圈！"

那边喊着："我们头上黏着什么！嗡嗡……"

这边喊着："黑巧克力味的梦境拼图和……"

那边喊着："我们想回家！呱呱呱……"

总之很显然，对于有幸在法布罗萨 III 号被贪婪的黑洞吞噬之前，能降落在这座星球的六位勇士来说，这次探险简直是妙不可言，奇妙无比。

在返回的旅途中，他们停下来找回了皮耶罗和赛琳娜：他俩浑身湿透，臭气熏天，裹满了黏糊糊的藻类，非常非常生气。不幸的是，由于皮耶罗和赛琳娜的意外遭遇，你们也将无法找到关于这一壮举的任何记录、书籍或者照片。因此，我想你们当中很少有人听说过这个故事，有些人甚至直接暗示外界这场冒险从未发生。然而，它的的确确存在过，所以我想通过这个小故事来保存对这一段具有科学价值的记忆。

***

孩子们听着蛙叫声，度过了他们生命中一段美好的时光。

回家的路上，他们仔细聆听着森林的声音。有枝条在他们脚下发出咔嚓的声音，有水流的声音，有蟋蟀的叫声，最重要的是，他们经过池塘时，听到了青蛙咕呱咕呱的叫声，这是他们以前从未注意到的。吉诺开心地笑道："森林里住着许多居民，当你经过那里时，绝不可能悄无声息，每个森林里的居民都会注意到你，并向你问候！"

到达自由广场时，他们还满心欢喜，大声地模仿青蛙咕呱咕呱的叫声，吸引了一些妈妈探头看向窗外。

那晚，他们梦见了各种奇妙的玩具。

第九章 禁止打招呼和问好

孩子看到了树林深处的灯火，便放开脚步跑了起来，想快点到达那里。那天傍晚，吉诺在他家门口点燃了许多火把迎接他们的到来，孩子们一到达那里，还喘着粗气，就开始对吉诺喊道："太好啦，太好啦！"他们眼睛里闪烁着好奇的光芒，气氛就像过节那样喜庆。

盖亚特别高兴，因为这次轮到她来宣读最新的禁令了。她给自己扎了两只飞舞的小辫子，还在辫子的末端精心地系了两条粉色的丝带，她的头发

是金色的，看上去就像是一簇簇金丝线。她的一只袜子被拉到了膝盖，另一只则滑落到脚踝，一圈圈堆叠在那里，她用清脆的声音像连珠炮一样地开始宣读：

禁止打招呼

即

"快些向这些阿姨打招呼！"

"任何时候都你都得和别人问好！"

问候又不是一份不花钱的礼物，

难道所有人都是你的朋友？

而且有一件事让我感到很难受，

就是得在小平科·帕利诺的脸上亲一口。

"好极了！说得好！"吉诺说道。在大家吃完一贯美味的番茄意大利面后，吉诺拿起火把点燃了一堆篝火。那天晚上就是一场狂欢，孩子们高兴得又蹦又跳，就连山羊、奶牛、兔子和母鸡也加入到这喜气洋洋的欢乐之中，大家一起载歌载舞。干燥的木头在活跃的火苗中噼啪作响，吉诺用他深沉粗犷又迷人的声音开始讲故事。孩子们已经等不及了！

***

向阁下致以敬意

有一天，在法国西南部的一个村庄里面发生了这样一件事。由于出现了危机，市政府的金库里面没什么钱了，市长和他的同僚经过反复思考，决定对"打招呼"进行收费。如果谁想要用问候语，就必须去商店按照店里的价目表进行购买。谁要是被警察抓到，跟别人打了招呼，却没有付钱，就会被罚款，还要被迫接受其他惩罚，例如十五天不许笑、不能买蛋糕庆祝节日、只能用冰水洗澡等。最贵的问候语是"你好"，因为这是打招呼时最常用的，显而易见，这么做就是管理者们经过计算之后，发现会让"收入变得更多"。最便宜的则是那些当下已经不再会用的问候语，例如"向阁下致以敬意"，现在已经没有人会这么打招呼了。人们只能在火车站点头、握手、眨眼以及挥动手帕，甚至连说告别词也不被允许，这让大家苦不堪言。哪怕是孩子，如果他们想要同某人打招呼，也不得不打破存钱罐，用他们自己的零用钱去付费。

为了购买"早上好""晚上好""再见"或者"复活节快乐"（如果到了复活节的话）等问候语，村里的人们只能省吃俭用。如果他们一次性购买多个问候语，还能享受七折优惠。人们本来就已经在艰难地维持生计，最后不得不开始考虑在问候上省钱。毕竟，他们可以假装没看到认识的人，比如朋友或者亲戚，尤其是远房亲戚。起初，他们只保留了必要的问候：向上司、市长问好（在这里要说明一下，市长不用付钱，因为问候是包含在他工作职责之中的）；向牧师问好，这样或许能多祈祷一会儿。

而对于那些寻常的问候，便直接略过：他们不再向妻子、孩子、长辈们、祖父母、父母亲以及老师问好，因为毕竟每天都见面。结果，短短几个月时间，人们便不再互相打招呼了。村民们会直接走过去，板着脸，帽子压得低低的。手臂垂在身侧，安静如空气。

钱包里的钱依旧紧巴巴，更可怕的是，人们开始频繁地生病，而且还找不到病因。感冒、颈椎痛、关节痛、喉咙痛、头痛、各种过敏（比如对清晨的微风过敏，或者对任何带"好"的句子过敏，就像"早上好"）。

他们去看医生，医生也只会摇头，然后给出一模一样的诊断，只是换了不同的措辞来展示他们的专业能力："严重缺乏问候""过长时间不打招呼""严重缺乏人际交往的机会""有害的问候剥夺"等。医生还在诊断结果中补充说："过度低头会导致颈部僵硬。从不挥动手臂会降低骨骼弹性。长期闭口不言会使喉咙缺氧。不与任何人见面会使免疫力退化。孤独会引发过敏症。"为了突显出必须治疗，他们还会夸大其词地总结道："不问候会导致说话能力退化，社交能力减弱，使人变得孤僻，严重的话甚至会导致失去教养。"接着医生在处方上写下了治疗方法："每天至少问候三次，饭前饭后都得进行问候。空腹时说一声'早安'，饱腹时说四次。每两小时说一声'再见'，可以喝点果汁进行稀释。晚上说声'晚安'，早上时要握手，并配上微微一笑。"

然而，谁有钱支付这些问候呢？人们列队到市长的阳台下进行游行抗议，因为没有什么比健康更重要的了。还有一些更大胆的人，提高嗓门喊道："亲爱的市长，向您问好，请允许我们自由地打招呼，可以吗？"市长的身体状态很好，因为那个星期他向许多人进行过问候。市长向人们不断地招手、用他的声音、用眨眼、用微笑来问候他的市民们，然后他以一种与他的身份相称，既善解人意又威严的方式说："亲爱的

市民们，正如你们所知，我是一个民主的人，因此，我会遵循人民的意愿。从今天起，法令将改成'不打招呼的人才会被罚款'。"

市政府的收入必定是大大减少了，在经历了这么多之后，每个人都十分愿意并且开始十分热情地互相问候，毫无疑问的是，市民们重新恢复了健康、

社交和快乐。他们又感觉到了自己和其他人是生活在一起的，这可不是小事，尤其是当大家都钱包空空的时候，可以感受到大家的爱，是相当重要的。

**

这个想法也太奇怪了！打招呼还要收钱！孩子们都一致认为那位市长不怎么样。在回家的路上，他们开始把自己知道的所有的打招呼的方式都列举出来，他们向垃圾桶道晚安，和忧伤的人说早上好，向故乡道别，同时还加上了各种手势，不停地鞠躬，热烈地挥舞着手。

第十章　禁止早睡

前一天晚上，孩子们借着要办篝火晚会的理由，睡得比平时晚了些，不过幸运的是，现在是暑假，还没有开学，所以第二天早上他们可以睡个懒觉。到下午的时候，他们投票表决通过了新的禁令，把新禁令传达给吉诺的任务落到了阿莱西亚的头上，她是这群孩子中玩儿得最疯的一个。她喜欢跳街舞和打鼓，因此她想通过音乐来宣读禁令。在一串响亮的鼓声之后，她把禁令和童谣演绎成说唱：

禁止早睡

即

"穿上睡衣，刷好牙，

希望你马上就睡着！"

但这次我就想熬夜，

这样就能发现藏在深夜里的魔法，

而且我已经知道家长在做什么，

我一上床他们就打开了电视！

让阿莱西亚来宣读这条禁令，确实有点过分了，因为整个晚上她都在唱歌和跳舞，这几乎消耗掉了她所有的精力，还没到八点，阿莱西亚就已经趴在桌子上睡着了。

这也许就是为什么吉诺在像往常一样说了"好样的！说得好！"之后，却忍不住哈哈大笑，"哈哈哈！你们想听听我想到了一个什么故事吗？"

这个突如其来的故事，更激发起了孩子们的好奇心，他们不一会儿就狼吞虎咽地吃完了番茄意大利面，然后围坐在吉诺的脚边，听他讲故事。

超市里的睡美人

村子里的所有人都认识阿美莉娅，她是超市的售货员，她妈妈的妈妈，和她的妈妈也一直都在那里工作。村子里的人都叫阿美莉娅为睡美人，她知道自己的这个外号，但她从不在意。事实上阿美莉娅晚上总是不睡觉，一直醒着直到天亮。当然她并不是为了工作去熬夜，因为到晚上七点半的时候，她的工作就结束了！她一直不睡觉是因为要熬夜看小说、看真人秀、看脱口秀或者看八卦杂志，另外说一句，她买八卦杂志总能得到一些免费的小赠品。

当阿美莉娅终于上床睡觉的时候，只剩下几个小时能休息了，因为她上班的时间快到了。所以阿美莉娅上班的时候实际上还是半睡半醒的状态（甚至完全没醒），结果就是迷迷糊糊，搞砸了一切。

卡特丽娜问她："早上好，阿美莉娅，能给我一块马苏里拉奶酪吗？"阿美莉娅回复道："您好，我都好。您说莱拉呀，她烫了头发，显得更年轻了！"接着就打了一个哈欠。乔瓦娜对她说："你好，阿美莉娅小姐，能给我拿些火腿吗?"阿美莉娅回复道:"嘿,对的,对的,天太热了,是该下场雨了,天闷热得像着火一样,都没法呼吸了!"然后打了一个喷嚏。又或者朱塞佩跟她说:"嗨,阿美莉娅,茴香到货了吗?""别问我,亲爱的朋友,别问我,我的眼睛也觉得灰蒙蒙的,会不会是得了结膜炎?"然后阿美莉娅就叹了口气。卡罗走来问:"亲爱的阿美莉娅,我订的毛巾到了吗?""很棒,你说得对,七点快到了,还有半个小时我就能安心地回家了。"然后她又打了一个哈欠。

总而言之,阿美莉娅一件事情都没办对。

有一次,她在切香肠的时候,差点切到了自己的手指,就因为她中途打了个盹儿。整理货物的时候她会睡着,有时是倒进了面包篮里,在玫瑰饼干和小面包之间打瞌睡;有时是靠在冰柜旁打鼾,鼻子上沾满了奶酪;她会在腌菜罐子和泡菜坛子之间的过道上打盹,也会靠在一排排橄榄、辣椒和牛肝菌的架子旁休息,还会躺在做玉米饼的面粉袋子上,或者躺在一包包红薯上,呼呼大睡。

她在收银台工作的时候也会睡着,经常是一边开

着收据，一边打瞌睡，直到顾客对她喊道："阿美莉娅，嘿，阿美莉娅，我的零钱呢？你不打算给我找钱了？我很急，麻烦你快点！"

即便如此，阿美莉娅也没有放弃熬夜，每天晚上依旧继续忙活她的各种活动。超市竟然还没有解雇她，这也真是个奇迹！

在某个风和日丽的一天，有一群来意大利度假的美国游客，他们走进超市，想要买一些意大利特色的美食来尝一尝，所以找来了售货员，你们猜猜会是谁呢？正是我们的阿美莉娅，睡美人小姐！

"早上好！我们想要买一些通心粉和意面。"他们说道，很幸运的是，他们会说意大利语。"给你们，肉丸子和蓝莓。"阿美莉娅很有把握地回复他们。

"还有番茄比萨。"美国游客继续说道，他们已经垂涎欲滴。"给你，甘草牙膏。"阿美莉娅拿出牙膏递给他们，心想着："这几位外国游客，看他们多开心、多满意。"

"我们可以每人来一杯卡布奇诺吗？""给你们一人一份大猪肉肠，你们是要办派对吗？"阿美莉娅说道。

"再来一份香蒜酱。""好的，一筐奶黄酱。"阿美莉娅心想："买这么多？美国人买东西的分量也太夸张了，看来他们人很多。"

"再加一份新鲜的蛤蜊。""好的，三袋菠菜！"阿美莉娅又默默地心想："瞧，他们真的很喜欢吃蔬菜！"

这时阿美莉娅已经快睡着了，后面的事情越来越一发不可收拾。

美国客人要一些肉片，阿美莉娅给他们拿了一个塑料盆。客人要一块牛排，阿美莉娅递给他们明信片。客人要番茄肉酱，阿美莉娅拿出来一个布谷鸟时钟。客人要西西里奶酪蛋糕，阿美莉娅拿给他们一卷砂纸。

"再给我一些维琴察的鳕鱼。"阿美莉娅再也撑不住了，一下就倒进一辆手推车里面睡着了。她做了一个从未做过的最美的梦：她梦见她在睡觉，一直睡一直睡，睡了好几个小时，好几个月，好几年，没有闹钟响起，不用上班，没有

客户的各种需求。也没有各种手提袋、纸盒子、纸箱子。她梦到偶尔醒来的片刻，电视里正放着她喜欢的肥皂剧，然后她看到了她最喜欢的女演员和足球运动员的介绍。

晚上，美国客人回到住所准备起他们垂涎三尺的晚餐，但是让人失望的是，本应精致的菜品却因为食材不对而变得口味混乱！"难道这就是意大利美食吗？砂纸也没法消化呀……"

***

孩子们听完阿美莉娅的故事，都哈哈大笑。安德烈很善于模仿，他甚至还编了许多阿美莉娅因为打瞌睡而造成的错误。吉诺陪着他们回家，一边在空中欢快地挥舞着手杖，一边和孩子们一起肆意地笑着。在广场上，他们互相道别之前，还模仿着阿美莉娅说了许多奇奇怪怪的话："祝枕头大战晚安！祝装满酒的酒杯晚安！"然后就像不停打瞌睡的阿美莉娅那样，孩子们很快也如石头一般沉入梦乡。

第十一章　禁止无聊

这个夏天无疑是孩子们度过的最有趣的夏天，和别的地方不同，在"禁止小镇"里时间过得很慢，因为不用赶着去做什么，他们有很多事情可以做，还可以这里跑跑，那里转转。

下午孩子们帮吉诺照顾动物，他们拿扫帚去打扫牛棚，给小动物们的饮水槽里加满水，去割草，然后将大把大把的青草堆进饲料槽，来来回回，像一群忙碌的小蜜蜂。

他们收拾了兔子的笼子，试着给奶牛挤牛奶，还尝了尝温热的鲜牛奶，原来刚挤出的牛奶是干草混着纯净空气的味道。小阿尔维斯的嘴唇上还沾着白色的牛奶胡子，这次由他来读禁令。他是这群孩子当中最害羞的一个，还没开口说话，脸就先红了。他深吸了一口气，结结巴巴地说了两三个字，然后试图用咳嗽掩饰自己的尴尬，后面没能说完的部分，他几乎都要放弃了。但是站在他一旁的米歇尔紧紧握住了他的手，于是阿尔维斯鼓起勇气继续，这一次他再也没有停顿。

禁止无聊

即

    我不习惯这样空闲的时光，

    没有体育训练，没有课后辅导班，

没有钢琴课，没有街舞课，也没有游泳课。

我可以坐着，站着，躺着，

没有人来告诉我，

我必须得去做什么。

我想我完蛋了，

我只能在无所事事的无聊中，

度过这个下午。

"好样的！说得好！"吉诺说。那天下午孩子们干了许多活儿，所以他们的胃口都很好，有人吃了双份的晚饭，还有人甚至吃了平常三倍的量。

小牛和小羊在孩子们吃晚餐时，发出了"哞哞"和"咩咩"的叫声，因为他们受到了孩子们如此细心的照料，想要用叫声向他们表示感谢。母鸡们自在地四处啄食，看来它们第二天一定能产出许多光滑洁白的鸡蛋。小兔子们到处嗅来嗅去，小胡子一抖一抖地晃动，它们正满足地闻着新鲜的空气。这是多美好的时光！如果这时有人来问："天堂在哪里？"大家一定会回答："就在这里！"

然后吉诺就开始讲起了他的故事……

***

风城

在风城里，一直都刮着一股可怕的风，昼夜不停。所有东西甚至房子都被吹离了地面，在空中飘来飘去。那些前来这座怪城一探究竟的好奇游客，也被吹得飞在半空中。他们在空中转了几个圈，然后气喘吁吁地企图从一旁溜走，游客们穿过通往出口的狭窄走廊，随后便立刻关上门，趁机赶紧溜出去，以免又被旋风卷走。尽管十分不情愿，但居民们最主要的活动就是像鸟儿一样在空中转来转去。

如果谁饿了，就不得不在旋风中接住食物，抓紧塞进嘴里，然后再等待下一阵旋风带来其他什么吃的东西。因此也就顾不上是什么食物，不管口味上是否能搭配在一起吃，更不在乎热量有多少，是不是卡路里过量，只要是吃的东西，都会被统统抓住然后吃掉。

有时可能是一片腌制的香肠，或者是一块无糖脱脂的奶酪，有时可能是一根烤芦笋，又或者是一块肉桂饼干。只有当人们碰巧抓住勺子的时候，才能喝上一口暖胃的热汤。

而那些喜欢听故事的人，也只能支离破碎地这里听一段，那里听一段。你知道的，故事是需要时间慢慢来讲的，这些破碎的故事片段无法拼成一个完整的故事，以至于有些人听到的故事变成了这样：大灰狼的肚子被缝好醒来之后，收到了来自白马王子浪漫的一吻，而小红帽则跑去矿山和七个小矮人一起工作，彼得·潘则和长袜子皮皮展开决斗，决定谁来吃掉姜饼小人儿。

风城的人只知道这些奇奇怪怪的情节，因为他们的故事全都是由碎片拼凑而成，并且他们认为生活原本就是这样，是由不同的碎片拼凑起来的。

更不要说音乐爱好者该怎么办，在狂风的呼啸声中，摇滚吉他嘈杂的电音和轻柔的小提琴乐曲杂糅在一起，打击乐器雷电般的敲击声和风笛精致柔和的音符交替，一切都像是一串难看的项链，每颗珠子都完全不搭。风城的音乐总是一片混乱，没有一丝和谐之处。

在风城，安静是一个陌生的概念，因为从不间断的风和被大风卷起的物体，会一直相互碰撞。人们甚至无法织毛衣，因为狂风会缠住线和针，导致所有的线都打结。人们也无法给花浇水，因为狂风会吹洒水壶，撕裂花瓣。这里无法写信，因为钢笔和文字都会被无礼的旋风吹走。人们也无法微笑，因为大风会掀起灰尘，而那些灰尘会全部粘到你的牙齿上。这里也无法欣赏画作，因为大风会将画布从画框中撕开，不论是肖像画、静物画、明媚的风景画抑或是抽象人物画都会混在一起。

这里无法玩纸牌，因为纸牌会像蝴蝶一样飞走。这里无法恋爱，因为你不晓得你会亲吻到谁，是青蛙还是橱窗里的假人。这里也无法学习，因为老师讲解的声音会被风吹走，你也无法握住书本。就连做梦都不行，所有的梦都会被大风连根拔起。

这真是一场巨大的、从未见过的、极其严重的混乱。

直到有一天，来了一位隐居山中的聪明的魔法师，他能够预测未来，最重要的是他能够看透过去。当他得知风城人民不幸的遭遇，便开始查看他的水晶球。但风城巨大的旋风卷起的尘土遮挡住了他的视线，导致他什么也看不见。不论是昨天、今天、明天还是后天，水晶球里什么都没有。于是聪明的魔法师拿出了自己的魔法瓶，然后将一件神秘的魔法装置放进随身背的口袋，就平静地骑着驴子向风城出发了。

　　他到达风城后，从驴子上下来，拔掉瓶塞，双手紧握住瓶身，念出了一段神秘的咒语，大概是这样的：

　　　　风啊风啊，风城的风，

　　　　永不停息，

　　　　风将我带到这里，

　　　　你将一切吹起，

　　　　作为一名魔法师，

　　　　我不得不进行一次干预，

　　　　为了将你捕捉进瓶中，

　　　　我编了这段咒语。

突然间，风像一只被肉骨头驯服的小狗，顺从地进入了魔法瓶中，魔法师立刻塞上了瓶塞。随着一声巨响，卡车、感冒的孩子、发夹、拖鞋、破洞的袜子、蛋糕、牙套、自行车、床头柜、守夜人、警察、冰激凌、报纸、塑料杯子、胡椒以及各种各样的东西、各种各样的人、各种各样的思绪，全都落在了地上。紧随而来的是绝对的安静，一切都停了下来。然后魔法师从随身的口袋中取出了他带来的魔法装置，把它放到了风城广场的正中央。

这个奇特的多功能工具，真是神奇，可以用来：

好好品尝食物；

休息；

倾听；

讲故事；

等人；

微笑；

看花开；

编织；

学习；

赞赏；

亲吻；

拥抱；

打扑克；

写一封信；

读一本书；

演奏乐器；

保持耐心；

陪伴；

思考；

平静地做自己的梦；

迎接无聊的日子；

享受在家的生活。

再也没有大风，再也没有匆匆忙忙，这真是个奇迹。之后，那个装置很快便在风城流行开来，接着又风靡了整个国家、整个大陆、整个星球，甚至更远。再没有人能够离开它。至于魔法师本人为什么能够发明出这个装置，正是因为他喜欢家庭生活，喜欢宁静，喜欢休息。他给他这个天才般的发明取了一个简单又响亮的名字：椅子。

***

那天晚上孩子们慢慢地下山，不急不躁地回到村庄，他们细细地听着自己的脚步在小路上和石板碰撞的声音。当他们回到家中，浑身都感到美好、充实又疲倦，他们躺倒在了自己卧室的椅子上，很快就睡着了，甜美的梦中还回味着这明媚的一天。

第十二章　禁止沉默

　　这一天是摘水果的日子，在吉诺的小房子周围，种着许多树，树上结满了果子，有杏子、桃子、李子、榛子、野樱桃，吉诺为大家拿出了小木梯和篮子。

站在树枝间，就仿佛置身于另一个世界之中，你会被各种各样美妙的香味和色彩环绕。孩子们在树林间来回奔跑，从一棵树跑向另一棵树，大声呼喊着伙伴们的名字，将一篮又一篮采好的水果运到吉诺家门前架子上摆好，还有些水果在树枝上就已经被孩子们解决掉了。

小朋友们脸颊通红，额头上不断冒着汗珠，嘴巴上和衣服上都沾满了五颜六色的果浆和汁水，染得到处都斑斑驳驳，那天晚上番茄意大利面就像变魔术一般从盘子里消失了，因为大家都饿得不行。晚餐结束后，劳拉、伊莲娜和维罗妮卡一起用合唱的方式演绎了新禁令，她们的表演赢得了一片热烈的掌声。

禁止沉默

即

> 我喜欢用声音做实验，
> 我喜欢用声音去开玩笑，
> 聆听声音，

感受言语中的音乐，

我的嘴巴里藏着数不清的故事，

请听我说。

听我说话不是一件傻事，

在过于安静的地方，

我会感到孤独，

所以我会用说话、唱歌、喋喋不休，

来让自己开心一点。

"太棒了！说得好！"吉诺低声说道，就像怕打扰到什么。然后他沉默了很久，久到孩子们担心他是不是今晚可能都不会再给他们讲任何故事了，但是他们今天摘水果时表现得多出色呀！他们只听到了棚子里动物的叫声，以及一贯不会缺席的蟋蟀叫声，还有熟悉的风声和心脏快乐跳动的声音。

当寂静将他们全部包围时，他们缓缓闭上了眼睛。吉诺的声音从寂静深处传来，显得更加动听：这个魔幻的、迷人的声音，这一次将他们带入了……

***

水晶城堡

有一天，村里的一位老智者看着云朵在空中快速划过，对洛伦佐这样说道："是时候了。"洛伦佐非常清楚老智者指的是什么时候到了，因为他早已为此等候许久。依照古老的传统，村子里的孩子们都会被召唤去完成一次旅行，只有通过这次旅行的考验，他们才能够饲养自己的鹰马并加入飞翼骑士团。老智者和洛伦佐一起启程，他们不停地走呀走，走呀走，睡在星空下，手捧泉水喝，日夜兼程地赶路，直到抵达沉默王国的大门。因为只有学会安静的人，才能够听到鹰马心脏跳动的声音。

这是一座水晶城堡，老智者说道："我只能陪你到这里了，现在你得自己往前走。你进入城堡之后，需要在钟敲响第二十四下的时候离开。并且全程你只能说三个单词，哪怕多说了一个音节，这座迷人但脆弱的城堡都会瞬间爆炸成无数碎片，将你永远囚禁在其中。等你顺利完成任务，最后一个单词会帮助你重新打开大门。"洛伦佐将他的布袋斜挎在肩上，里面装着一块柔软喷香的面包，一壶水和一个幸运护身符，那是祖父亲手刻的小猫头鹰木雕。他已经准备好了，村子里的老智者带着他来到了城堡的门前，然后默默地与他挥手告别，离开了。

此时正是黎明时分，微风轻拂，夜晚的露水浸湿了树叶和花瓣，它们都在等着迎接太阳升起后的第一缕阳光。

洛伦佐很害怕，他的心怦怦直跳，回去的欲望猛烈袭来。

就在这时，水晶吊桥无声地放了下来，于是洛伦佐脱下皮鞋，以免发出声音。然后慢慢地走上去，令人吃惊的是，哪怕是桥下的流水也都没有发出任何声响，河流悄无声息地穿过，生怕惊扰了这座美丽又脆弱的城堡。当洛伦佐穿过水晶门，他看到了一幅美轮美奂的景象：一个顶很高的大厅出现在他面前，透过玻璃窗，可以看到奇形怪状的云朵，可以看到群山的轮廓，还有那远处的大海，美丽的田野，蜿蜒的小路。这一切都美得让人惊叹，但一切也都寂静无声。

城堡的中庭有一座宽大的楼梯，通向各处塔楼，塔楼外又延伸出一条条走廊，通向其他塔楼。这里一扇门都没有。这座城堡虽然巨大，但一切都可以一目了然，因为全是透明的。洛伦佐被各色光线迷住双眼，水晶城堡折射出一道道光线，散落各处。洛伦佐开始好奇地在城堡里转悠，他爬上楼梯，参观了塔楼，又去探索了每一间房间和每一个露台，因为从任何一处看出去都有他从未见过的美景。

但就在他穿越悬挂在

两座塔楼之间的一座水晶吊桥时，他突然滑倒了！下面是几十米高的平地，掉下去肯定活不了，所幸的是他设法抓住了吊桥的边缘。这时，他知道该说出第一个词了，"救命！"他绝望地大叫了一声，然后就不敢再发出声音。他的手指已经开始发软，他感觉自己要坚持不住了，就在这时两只强有力的手像夹子一样紧紧握住了他的手腕，将他拉回到桥上。洛伦佐睁开眼睛，看到一个年纪与他相仿，肤色黝黑，头戴水晶皇冠的男孩俯身在他面前。他意识到这位就是城堡里的王子，是这座沉默王国的主人。"谢谢你。"洛伦佐对他的救命恩人说道，他毫不犹豫地献出了第二个词。王子伸出双手，举过面前，低了低头，以示问候和尊重。

后来，洛伦佐在城堡的那一天，都是在他的陪伴

下度过的。洛伦佐发现，一个人可以用很多方式说话：用眼睛、手势、动作和微笑。那天洛伦佐了解到许多关于王子和沉默王

国的生活，而王子也了解到了许多关于洛伦佐和他村子的事情。他们一起分享了香香软软的面包和清凉的泉水。到了要离开的时候，洛伦佐双手紧紧握住王子的手腕，就像王子救他时所做的那样。王子微笑着看着他，洛伦佐轻轻地说出了他的第三个也是最后一个词："再见。"门立即就打开了，王子站在门边，向他挥手，就像村里的老智者那样。

那么你呢？你又会选择哪三个词呢？

***

就这样吉诺用一个问题结束了整个故事。孩子们本能地立刻开始回答，说出了他们脑海中所有的词汇，但说着说着，他们都停了下来，沉默了。

他们在回去的路上不停地想着这个问题，也许他们的答案将成为一个永远的秘密。

那么你呢？你又会选择哪三个词？

第十三章　禁止阅读

孩子们那晚对他们的三个词进行了漫长的思考。有人一直在思考，甚至难以入睡。

不晓得他们会不会在梦中看到水晶城堡……多米尼克这样想着，当然还有很多孩子也是这样想的：他们静静地沿着小径走向吉诺的家。

多米尼克被委以宣读禁令的任务，他紧紧地握着旗帜。小溪水欢快地潺潺作响，那天他像是一只被打开的话匣子，一直在喋喋不休。

孩子们走近溪水，彼此都心照不宣地脱掉了鞋子和袜子。然后，开始踉踉跄跄地走在千姿百态的石头上，摇摇晃晃地踏入冰冷的水中。然后空气中立即充满了叫喊声、尖叫声和惊叹声。

　　他们都没有坚持多久，便将两只手掌合拢，捧
起水大口大口地喝，感受那股冰凉流进喉咙，又顺着
喉咙流下去。然后大伙儿都从溪水中走了出来，跑到
外面的河床上让自己暖和一点，他们各自选择了一块
大石头坐下，然后张开双腿，让自己的脚被夕阳慢慢
晒干。

　　当他们到达吉诺家时，果酱已经在火上煮着了。
接着就轮到多米尼克宣读禁令了，他是个高个子男孩，
他向大家展示了宣言。

禁止阅读

即

　　　如果你不学习，你就会变成采荨麻的人，

　　　如果你不读书，你就会踩所有的坑，

　　　如果你不学习，你的鼻子上会长毛，

　　　如果你不读书，就不会有人注意到你，

　　　但是，我真的不相信用吓唬的方式让人

去做一件事会让我真的感到喜欢！

"太棒了！说得好！"吉诺喊道。同时，空气中弥漫着一种香气，光是闻到这个气味就已经让人觉得十分甜蜜与满足。在吃了那无可挑剔的番茄面条后，吉诺用白色瓷杯让大家尝了尝所有的果酱。当然，这只是为了征求行家们对果酱的意见。这味道，不得不说，简直是……像童话一样美妙！就这样，吉诺开始继续为大家讲故事。

有魔法的句子

今天是星期六，所以不用上学。小男孩约书亚伸手去拿饼干想来蘸牛奶吃，当他把盘子推开时，看到了一个淡蓝色的小信封，上面写着"给约书亚"。但厨房里面没有其他人，约书亚将信封从盘子下面抽了出来，并打开了它，里面是一张小纸条，他取出纸条，在打开纸条的一刹那，里面立刻发出了光芒，仿佛一缕阳光在里面关了很久，迫不及待地想从里面照出来。纸条上用闪闪发光的字写着：

亲爱的约书亚，这个消息是给你的。这是一次寻宝活动，但这次的宝藏并不是金币，而是一句话，一句要在书中寻找的句子，可能是在家里，也可能是在学校里。你将有八个小时的时间，一分钟都不能超过。你要找的这句话是有魔力的，绝对不会弄错。因为你会看到它在书页上闪闪发光。当你找到它

时，请将它念出来，无须等待，你就会看到
从未见过的魔法。

约书亚感觉到他的心脏在衬衫下面大声地跳动：
扑通，扑通，扑通。

"约书亚，宝贝儿！"妈妈在浴室里喊道。

约书亚吓了一跳，把信封和纸条揉成一团，塞进
口袋里。

"我在，妈妈。"他回答道。

"听着，我的宝贝。"妈妈继续说道，用那种温柔
又甜蜜的语气，她通常会在进行那种不大愉快的沟通
时使用这种口吻，以掩盖话语中尴尬苦涩的味道。

"今天我要参加一个会议，会一整天都不在家。"
约书亚想象着妈妈正在镜子前搽着粉底。

"你妹妹伊娃今天晚上会在特蕾莎那里过夜。爸爸
今晚从罗马出差回来……"

从高跟鞋踩在瓷砖上的脚步声中，约书亚知道妈
妈正朝着厨房冲来。

"午餐在冰箱里，用微波炉加热一下就行了，知道

吗，妈妈的小宝贝？"

大好时机，那个宝藏的事情。约书亚脑子里满是关于宝藏的事情，完全没有仔细听。

"好的。"他回答道，用余光看着穿着时髦的妈妈，她戴着珍珠项链，正在涂着口红。

当她穿着这样的衣服时，通常心里都在想别的事，根本不会注意到别人说的话。

"你不介意吧，宝贝？耐心等一下！我要走了，我已经迟到了。"她说完，还没等到约书亚回答，便关上门出去了。

屋外下着雨，又将是一个无聊的独自在家的星期六。

但是寻找一句话这件事改变了一切：即使约书亚一点也不喜欢读书，并且他对到底是谁放下那张便条的这件事依旧毫无头绪（实话说，他其实也不在乎）。

他很快安排好了自己的任务：他决定先从客厅里堆满书的书架开始；接着是爸爸妈妈的书房中塞满书的书架；然后是他妹妹房间里整齐的书架和他自己房间里凌乱的书架；最后是自己的书包。如果还没有的

116

话，那他将不得不下到地下室：那里有一些旧书柜，已经发黄发霉。而且那里只有一盏可怜的定时吊灯，摇摇晃晃，满是蜘蛛网。如果突然间，它熄灭了，那你就会被困在最黑暗的地方，然后被潮湿和霉菌的气味所笼罩，还会听到不晓得是什么发出来的奇怪的咝咝声、沙沙声和吱吱声。你得摸索前进，找到开关重新把灯打开。

他暂时不想考虑最糟糕的那种可能性。他匆忙地开始翻阅第一本书，一本接一本。

这些书里面都充满了文字和图片，但都没有闪闪发光的东西。

他偶尔会停下来阅读几行，发现了许多他不知道的事情。书中有世界上最长的蛇的照片。然后是一个恐怖故事，里面全是黑色的插图，他很想知道故事的结局，罪魁祸首到底在哪里？！另外还有一首由押韵词组成的童谣，但毫无意义，真让人哭笑不得！但他不能停留太久：毕竟他还有一个寻宝的任务在手。

两个小时过去了，约书亚被高耸的书堆包围了起来，但仍没找到闪闪发光的句子，可是这个过程比他预期的还要开心，他甚至很享受这段时间。

他决定要休息一下，去吃了一个腊肠三明治，喝了一大杯橙汁，然后又继续投入他的书本翻阅中。

外面还在下雨，雨滴敲打着天窗，滴答作响，透过窗户可以看到灰蒙蒙的低矮的天空。约书亚发现针鼹和鸭嘴兽虽然是哺乳动物，却也会产卵。他还了解到，彩虹有七种颜色，其中一种叫作靛蓝。他还知道一个蛋糕其实可以轻松地均分成几块，这样就不会有人生气了。

时间过得飞快，仍然没有看到闪闪发光的句子，他现在还剩下三个小时。

公寓的地板上基本上都是书，有时候一些书堆还会倒塌，掉落的书本四散在地板上，有些书的封面上偶尔会出现一些大的折痕，约书亚马上用手掌将它们抚平。

他继续探索他妹妹的房间，但他可以发誓那里没有任何带魔法的东西。

于是他从冰箱里拿出食物，放进微波炉里加热，尽管早已过了午饭时间。他一边站着吃饭，一边翻阅着手中的一本厚重的百科全书。那只恐龙，它到底叫什么名字？他还从来没有见过，但是它真的好大！而且还是食肉动物。想象一下如果在学校门口碰到了它该会多么神奇！

他从里到外找了一遍自己的房间，接着又去翻了书包。

约书亚看着每一本学校里发的书。他遇到了一些词语，以前从未见过，也不知道是什么意思。最后，他决定对地下室发起挑战。

地下室。该死的地下室。

约书亚费力地推开沉重的金属门，伸手向右边摸索着打开灯。他的指尖触到了一些坚硬且毛茸茸的东西，于是他发出了一声尖叫。灯亮了，约书亚发现他刚刚摸的是一只巨大的蟑螂，它现在正向着天花板爬去。

在他面前放着四个箱子，里面装满了书，已经多到没法合上。一个小时对他来说显然是不够的，他从最大的箱子开始。这些都是爸爸妈妈的旧书，有些甚至是他祖父母的。

地下室的墙上有一张画上面画的是一个巨大的人，他躺在草地上睡着了，周围有无数的小人儿忙着要把他绑起来。另一张画画的是，有个女孩在一片密密麻麻的灌木丛下发现了一个小门，于是她打开了门……

咔嚓一声，灯灭了。约书亚又听到自己心脏跳动的声音：咚咚，咚咚，咚咚。

他要去找开关，但有可能再次碰到那只令人恶心的蟑螂。他拿着书原路返回，伸出书，用书的一角打开了灯。

然后他迅速打开了第二个箱子。突然一个热气球升上天空，上面有两个奇怪的家伙。约书亚好奇心大增，但时间不等人。

他快速翻阅了这本书，但里面并没有任何闪亮的文字。于是他将书塞进运动衫里面，打算带到楼上慢慢阅读。灯又一次熄灭了，当约书亚回去找开关时，他被一个软软的东西绊到了，摔倒在地上。他不晓得该把手放在哪里才能把自己扶起来，他想象着自己躺在蜘蛛粪便、虫子和蜗牛黏液的地毯上。就在这时，他注意到，剩下的箱子里发出了一束明亮的光芒，就

和早上那个从信封里发出的光束一样。

他猛地站了起来，什么都没想，甚至连灯也顾不上打开，便一头扎进了那个箱子，然后一本接一本地把书扔了出来。它在那里！在那里！约书亚的心提到了嗓子眼，紧张得都快跳出来了。他打开了第一页，不是，又翻了一页，仍是黑暗一片。

"在很久很久以前……"

那个闪闪发光的句子，那句有魔法的话语。它像阳光一样闪耀，真不是他妹妹的贴纸可以比拟的！约书亚大声地念了出来，不，是喊了出来，嚷了出来，唱了出来。

他用指尖轻抚着它。

突然间，地下室亮了起来。一切都在颤抖，但不像地震，更像是整个房间在跳舞。

约书亚试着继续读下去，书变得越来越大，越来越大，直到约书亚发现自己正躺在整本书的上面，就像躺在一个巨大的飞毯上。

然后他真的开始飞了起来，飞出了地下室，飞出了大楼，开始不断上升，越升越高。水消失了，云朵消失了，灰暗也不见了。

仿佛这些文字被阳光所吸引，并从中获取了维持它们存在的能量。风在脸颊上吹过，也在头发和张开的双臂间穿行。约书亚从来没有过这样的感觉。

而就在这时……

"约书亚！我回来了！"是妈妈的声音，随后是高跟鞋的声响。约书亚从床上惊起，转眼之间就站了起来。

"哦，我的天。是妈妈！这些书太混乱了。来不及收拾了！"他一口气冲出自己的房间，穿过走廊，走进妹妹的房间，又跑进书房，跑进客厅，最后来到厨房。一切都井然有序，书整齐地放在书架上，按照作者姓名有序地摆放着。

难道他一直都在睡觉吗？这一切只是一个梦吗？

那封短信、有魔法的句子、地下室、在天空中飞和其他所有所有的事情，难道都只是一个梦？

"我的小宝贝，你不会告诉我你一整天都在偷懒吧?！作业做了吗？家务做了吗？"妈妈说着，然后用手摸了摸他的头发，还没等他回答就说道，"我累坏了，我们一起吃点东西，看一小会儿电视，然后就去睡觉，好吗？"

约书亚简直不敢相信，那一切感觉都是如此真实！他假装听着妈妈讲她开会的事情，然后道了声："晚安。"

约书亚刷好了牙，躺在床上，他将双手交叉放在肚子上准备睡觉。但肚子上有什么硬硬的东西，他掀开他的运动衫，是那本书！那两个家伙还在热气球上看着他，仿佛在说："那么，你到底要不要来？"约书亚翻开了第一页，书上的文字闪烁着光芒。"在1872年，位于萨维尔街7号的房子里……"他开始感到自己轻飘飘的，背慢慢离开了床垫。头从枕头上抬起，脚已经接近天花板了。不仅如此，天花板似乎已经不存在了，他的眼睛越来越渴望文字和书本的字里行间……

***

"嗯？咦？咦咦咦？!"孩子们充满好奇地喊道。

"这其实是一本书的开头，它的名字叫……"吉诺告诉他们那本所有和书有关的信息，告诉他们书是什么。当他们到达自由广场时，一起齐刷刷地来到一扇绿色木门前。

门上贴着一张时间表，他们精确地算了算，还需要等待十一个小时二十四分钟才能进入图书馆。

但是，如果先去睡一觉的话，那么时间应该会过得快很多。

第十四章　禁止工作

孩子们围着书度过了一个上午，所有人聚集在广场上，一起听马可大声朗读。

如果爸爸妈妈们能像吉诺那样给他们讲这个故事就好了……但他们在工作，总是没时间。

当天下午，禁令通过投票获得一致通过。

禁止工作

即

> 时钟停下吧，闹钟别响了！
>
> 今天待在家，别去上班了！
>
> 孩子们已经决定了，他们齐声大喊：
>
> 爸爸妈妈的工作取消啦！
>
> 无尽的假期正式宣告啦！
>
> 从现在开始放假一辈子！

向吉诺宣读禁令的是马蒂尔德。

由于他的父母正是那种早上七点就出门，晚上七点才到家的家长，所以他以这般铿锵的劲头脱口而出！那些话就像鞭炮一样从嘴巴里炸开。

吉诺开始蹦蹦跳跳地哼唱道："好样的！说得好！"

哦，他喜欢假期！对他来说，假期意味着可以做他喜欢做的事情。

他总是很忙碌：收拾房子、喂养动物、挤奶、制作奶酪、整理菜园、修剪果树，热情招待常客。

但他感到幸福和幸运，因为那是他在享受生活。当然，他从来没有出过远门。"但迟早……我会去坐火车、轮船、飞机，去骑摩托车、自行车。"他时不时摸着自己的胡子说道。

相反，他用自己的想象力旅行了很多地方。啊，是的，他真的哪里都去过。他探索过最陌生的地方，遇见过人类和非人类，住在城堡里，骑过马，在船上遇到过海盗，救过有着美丽眼睛和长发的公主的命。

也是在那天晚上，在吉诺声音的翅膀下，孩子们能够和他一起踏上新的旅程。

***

总统

从前有一位先生，他有一个梦想。

人们总有许多梦想。

但这位先生，有这一个梦想就足够了。

他梦想成为总统。如此一来他将成为一个重要人物，他将拥有很多金钱，拥有决定别人应该做什么的权力。

他从小就有这样的一个梦想，当他还在上小学的时候，他就站在院子里，踩在木凳上，向左右两旁的人宣称这是对的，那是错的。

一开始，其他小朋友会好奇地待在那儿听他说，但过一会儿就回去玩他们的游戏了，没人关心什么旗子这里挂高了那里挂低了，这是属于谁的小汽车，小朋友们渐渐地不再理会他。

当他长大，继续进行宣讲，连成年人都不再多看他一眼。人们从他身边路过，偶尔听他说几句，就继续赶自己的路，回头操心着他们每天不得不操心的万千忧虑。

但他仍然梦想着成为总统。

当选举到来的时候，他报名成为候选人，然后开始全城奔走，为自己拉票宣传。

木脚凳成为一个舞台，这位先生站在上面讲演他所有的计划。

"如果我成为总统，再也没有人需要工作了。每个人都有更多的休息时间，每个人都有更多的假期，每个人都有更多的快乐，你们再也不会辛苦了！"他用坚定的声音对着麦克风宣布，双手高高举起并挥动，仿佛要拍苍蝇。

下班回来的这些人都已经很累很累了，有时甚至累到没有力气，只能用一只脚踩住另一只脚的后跟来脱鞋。他们开始停下来倾听。不用再工作那么久，可以休息放个大长假，这可真是个好主意。

许多人，可能是感到最累的那些人，便被他说服了。

这位先生随后用他自己的大幅海报贴满了这座城市，海报上的他展现出笑脸，穿着双排扣夹克，打着纯色领带，胸前的口袋露出丝质手帕。像这样的人，谁知道他到底休息了多久？所有人都这么猜想。就好像你能从海报上闻到他须后水的味道。而且，就在照片里他头顶的上方，写着巨大的文字："停止工作""选择假期""随心所欲""休息万岁"，即使不戴眼镜，也能从远处看得一清二楚。

一个还不识字的孩子，把那大字"休息万岁（Viva l'ozio）"读作"叔叔万岁（Viva lo zio）"，因为他的叔叔总是给他零花钱，他觉得非常高兴，于是也开始为这位先生欢呼。

很多人开始思考，如果这位先生当选，生活应该会变得更加美好。他们梦想着可以睡到中午十二点半，或者在周一的时候，去河边野餐，又或者在无花果树下读报纸。

这位先生不时地出现在电视上：他躺在一张巨大的天鹅绒沙发上，喝着一杯热带什锦水果饮料，在背景中你可以听到大海的声音。他就是休闲之王！

如此，到了投票那天，所有人都用铅笔圈定了这位先生的名字。

他，成为新总统。

还有谁会比他更骄傲吗？

他在广场中间以总统的表情、总统的鼻眼、总统的步伐踱步，就好像他是这地球上的第一位总统一般。

在人群发出的"总统万岁！总统好样的！"的鼓掌欢呼声中，他来到总统府邸，那里有137个房间、56个烟囱、49台电视、24个花园、12个水池、2个高尔夫球场和1个布谷鸟时钟。

那天晚上，总统毋庸置疑地休息了，开始为第二天的工作做准备。

他刚一醒，就马上呼叫他的秘书。过了一会儿秘书穿着浴袍和拖鞋来了，说："我正准备出门去海边游泳呢。"边说边看表。

"你说什么呢，瓜尔蒂罗！立刻叫侍者端来早餐！"总统怒吼道。

"抱歉，"瓜尔蒂罗像鹦鹉一样巧言辩驳道，"侍者将在特拉西梅诺湖一直待到傍晚，他需要安静地休息一会儿。"

"绝不可能！马上找管家拿来我的日程簿！"总统喊道。

"他不在，"瓜尔蒂罗回答道，语气轻柔得像一只蝴蝶。

"管家周末在塞斯特里莱万特放松休息。"

"太放肆了！现在召集我的政治幕僚带上战略计划来开会！"总统咆哮着。

"无能为力，"瓜尔蒂罗回答说，他像只猫一样坐着（甚至打了个哈欠），"委员会成员们将在博尔扎诺待上一周，去山上度个假休息休息。"

"那至少可以打电话给医生，我现在头疼病突然犯了。"总统呜咽着说。

"他也不在，"瓜尔蒂罗像黄鼠狼碰到鸡一样狡猾诌媚，解释道，"医生在巴列塔休假一个月，他需要从容地、不赶时间地休息一段时间。"

"什么？在这个懒汉国家没有一个人工作吗？"总统喊道。

"人民都在休假，都在按照要求严格地休息，正如你的选举承诺所规定的那样。"瓜尔蒂罗总结道，真诚得如一杯醇厚的红酒，并补充说，"现在我真的得走了，大海在等着我。美好的假期！美好的休假！我再也想象不出比这更美好的事情了！"

总统感到迷茫，却没有人可以求助。

于是他被迫辞职了。去当了一个雕刻师。边看电视边雕刻用来歇脚的木凳。

***

第二天是星期天，所有的爸爸妈妈会在家休息。全家人整个星期就为了等着这一天。

尽管叛逆仍在继续，气氛不太平静，孩子们还是能够讲讲吉诺和吉诺的那些故事。

这是一个假期，孩子们希望能够尽快与吉诺见面。没有工作的假期并不容易，但是等待会让星期一变得更加神奇。

想想看……世界上还有其他人焦急地期待着星期一吗？

第十五章　禁止等待

终于！

终于，在漫长的等待之后，吉诺回来了。

他将做些什么？他又将讲述怎样的故事？

与此同时，可以肯定的是，保罗会宣读下一条新的禁令。

保罗是一名运动员：撑竿跳高冠军。他有一双健壮的腿，一双强壮的手臂，以及强势的个性！他是那种绝不轻易放弃的人。

那天他跑了起来，手里拿着旗子，脖子上挂着奖牌，这是他所赢得的众多奖牌中的一枚。

他至少比其他人早一刻钟到达吉诺家，因此他得等着，等所有人都到齐了。

然后，他开始读禁令。

禁止等待

即

　　耐心一点，再等一分钟，

　　做个乖孩子，不要倔强！

　　我来了，稍等，我这就说完了！

　　对不起，我真的不明白你们，

　　如果有什么东西现在就可以拥有，

　　那为什么还要等待呢？

　　吉诺什么也没说，
他第一次保持了沉默。
他开始走路，嘴里含
着烟斗，背后留下了
松树、苔藓和露水的
香味。

　　孩子们第一次觉

138

得吉诺不同意他们的禁令。

吉诺向树林走去。

"没有番茄酱汁意大利面了！"他们沮丧地想，"挺期待的一件事情，等了两天的见面，结果变成了这样！"

"今天我们要找蘑菇。"吉诺终于开口。

这是一次冒险。他们从中学到了很多，因为他们不得不抑制自己的不耐烦去找蘑菇，想要找到合适的蘑菇其实并不容易：有些是不可食用的，有些是有剧毒的。有的孩子身上还被划伤了，经过荆棘丛中的小路时，甚至有几根刺扎进了肉里，还不得不与一只在树叶间蹒跚而行的蠕虫近距离接触，被森林里面的蛇吓坏了的乔治亚发出一声惨叫，声音大到甚至在村子里也能听到，然后他一路跑回了吉诺家。

其他人没多久也回来了：他们找到了两朵牛肝菌、一把伞状的蘑菇和几朵鸡油菌。收获相当微薄，但蘑菇形状很完美，树皮般的颜色和似天鹅绒的表皮。饥饿和疲乏让肚子咕咕作响，但是番茄酱汁意大利面的分量却非常少。

"今天我亲爱的母鸡下的蛋很少。让我们期许明天

的菜更丰盛吧！"吉诺笑道。

吃完饭，他们爬到橡树的枝丫间找了个地方坐下，吉诺也加入了他们，随身带着一张木凳。

他坐下说道："好样的！说得好！"

孩子们松了一口气。现在他们确信，即使是这样有点尴尬的晚上，他们也会听到一个奇妙的故事。

***

黄色巴士

辛普利西奥先生在等待。

他挎着单肩包在公共汽车站等车。

辛普利西奥先生在等待，已经等了好几年。

他在等黄色巴士，他知道车迟早会来。

他确信这一点，正如他确信一天之后必会有新的一天。

他甚至从未怀疑，一次也没有。

他等待着，他继续等待着。

在他等待的过程中，发生了很多事情！

下过雨，出现过太阳，也下过雪，连彩虹都出现过。天冷过，也让人热到流汗过。树叶、羽毛和皱巴巴的纸在风中飞舞过。

辛普利西奥先生认识所有等公交车上学的孩子。他们像他一样等待着，但他们的巴士每天都经过。

然而，他的黄色巴士也应该要来啊。

"你好，辛普利西奥先生！"他们快乐地打招呼，偶尔是困倦的样子。

"你们好，孩子们！"辛普利西奥先生总是带着他的笑容回复，张开的嘴里缺了几颗牙齿，但夹克和领带从不会缺席，他准备好随时要出发。辛普利西奥先生，你知道吗？就在今天，黄色巴士会经过。

一个叫西蒙内的孩子送了他一幅小画像，辛普利西奥先生小心翼翼地把它放进了他的单肩包里。他小时候也交换过小画像。

接着，每天都去购物的玛丽亚女士，正好经过那里。

"你好呀，辛普利西奥！"她总是有点匆忙地和他打招呼。

一次冬天，玛丽亚女士给了他一条有香味的白色真丝手绢："以防万一，你得感冒的时候可以用。""太像我奶奶之前送给我的了！"辛普利西奥心想，他感谢了三四次，甚至玛丽亚都已经走远了。

这是因为他喜欢收礼物。

站在公共汽车站前报刊亭的人叫布鲁诺，他每天早上都这样问候辛普利西奥先生："嘿，辛普利西奥，你听说了最新消息吗？"然后告诉辛普利西奥很多消息和新鲜事。

有一天，辛普利西奥正被那些故事所包围，在公共汽车站的长椅上睡着了。当他醒来时，他跳了起来。"嘿，布鲁诺，我正在睡觉的时候，黄色巴士不会已经开过去了吧？"

"不，不，没有。"布鲁诺向他保证，"23路、15路、7路和54路车过去了，但没有黄色巴士。"辛普利西奥松了一大口气。

等待，辛普利西奥等得仿佛永远都不会觉得累。因为他知道黄色巴士迟早会来。

埃德蒙多先生是一位学者，送给辛普利西奥先生一个旧罗盘。他小心翼翼地把它放进他的单肩包里。

还有卖气球的尼洛，每周四有集市的时候，他都会在公交车站旁边卖气球，有一次他给了辛普利西奥先生一个没充气的气球。辛普利西奥先生小心翼翼地把它放进他的单肩包里。

艾格尼丝呢？她在教堂唱诗班唱歌，有着天使般的声音，她给了辛普利西奥先生一个摇铃。辛普利西

奥先生小心翼翼地把它放进他的单肩包里。

总之，又是几年过去了，斗转星移，人随境迁。辛普利西奥先生头发有些花白了，但胡须总是刚刚打理过的样子，人总要时刻做好准备。

正好今天下雨，他系上了一条白色波点的红领带，下雨也是一种乐趣。你相信吗？今天，黄色巴士经过了！

就像太阳穿过乌云。

现在是清晨，但辛普利西奥先生已经到了，他决不会晚一分钟，即使是在星期天。

辛普利西奥先生大喊："妈妈咪呀！"他非常激动地走到路边，伸出手示意司机停车，他的手在颤抖。

现在黄色巴士终于来了，他却激动到想回家。但当然只是因为激动！

太美了，黄色的巴士，这是一种他从未预见到的美。它看起来像金子，但它是由坚固的硬纸板制成的，车顶上有两只像蟋蟀一样的触角，车窗像孩子们画的小云朵。它的轮子也是黄色的，是木头做的，没有一点噪声。车的正前方看起来像一张笑脸，和很多汽车一样，它的眼睛就是车灯。

门开了，辛普利西奥先生上了车，他的双腿也在颤抖，他从来没有坐过巴士。

车上没有人，只有司机。

"请买票。"司机用疲倦的声音说。

辛普利西奥先生从单肩包中取出了他崭新的车票并递给司机。

"可这张票九年前就过期了！"司机惊呼。

"太粗心了，我没想到有截止日期。"辛普利西奥先生承认，他只能立刻转动脑筋，想想怎么办。

然后他想到拿出西蒙内送给他的画像，展示给司机。"这个可以吗？"他问。

司机接过画像，仔细看了看，他的脸顿时亮了起来："好吧，看哪，就是我孙子缺的那张画！您坐好准备出发吧！"

他出发了，他出发了！

辛普利西奥先生仍然不敢相信。他坐在第一排，这样他能很方便地看到外面。

他知道，黄色公交车迟早会来！

公共汽车开始起飞，上升到天空中变成一朵美丽的大白云。就是你站在地面上看到的那种看起来像奶油的云朵。

"第一站到了。"司机宣布，"因为这是一辆景观巴士，乘客可以下去十分钟。"

辛普利西奥先生对旅行几乎不熟悉。说实话，到目前为止他走过的最长的旅程，也是仅有的旅程，就是从他家到公共汽车站。然后他环顾四周，想看看其他人在做什么，可周围一个人也没有！

于是他朝门外看了看，拿出玛丽亚送的手绢，手绢像帆一样张开。带着辛普利西奥开始飞翔，他在云层中轻飘飘地飞翔，轻盈到老鹰都会嫉妒他。

在完全没人注意到的情况下，他做了他一直梦想的事：伸出舌头尝了尝云朵，那味道像新鲜又柔软的奶油，堪称真正的美味，甚至就连玛丽亚也不知道如何才能做出这样的奶油。既然有这样的机会，那也舔一舔穿过云层的那束阳光的味道，原来阳光尝起来像加了柠檬皮的奶油，舔一口能让人感到喜悦，糕点师傅们真应该来到天空中感受一下。

然后巴士再次出发，驶向大海。辛普利西奥先生这辈子都没见过大海，因为从家到车站一路上只有柏油路，其他什么也没有。

"第二站到了，停十分钟。"司机说完，巴士停在了海里，是整片大海的正中央，一块陆地都看不见。

辛普利西奥先生计划着，将气球放在嘴里，然后给它吹气，并想着这可以为他进入水下提供呼吸所需的空气。

他一头扎进水里开始游泳，甚至都不知道自己会不会，他想也许会那么一点。他在色彩斑斓的鱼群中间游泳，海下是成群结队的鲸鱼、海豚、虾、章鱼、小丑鱼、海鲷、海星。大海发出的声音就像你在海螺里听到的那样，是不是真的会有美人鱼，他很想看一看。

也许下一次旅行就能见到了。

好吧，既然要离开了，那就最后再试试像杂技演员一样在水下翻跟斗吧。小时候从未成功翻过来的他，总是被人们取笑，而现在一切似乎都在鼓励他。

巴士又开动了。辛普利西奥先生浑身湿透，但他浑然不觉。

现在我们停在了陆地上。有几座高高的山，他开始沿着小径向上爬，腿脚用力使着劲儿，他听见自己的呼吸声在喉咙间上下起伏，这让他感到激情澎湃。

当他到达山顶时，眼前是整座山风景的全貌。那一切是会让你屏住呼吸的震撼。

所以他做了另一件一直想做的事情：试着发出回声。

"早上好，山啊啊啊！"他喊。

"早上好，辛普利西奥奥奥奥奥！"大山回应着他。

他走了不知道多久，走了很远很远的路，幸运的是他有指南针，不然就找不到回巴士的路了。尽管，他并不介意在那里迷路。

黄色巴士现在开始返程了。

辛普利西奥先生很高兴，高兴到拿出艾格尼丝的铃铛开始演奏。甚至直到下车的时候还在摇。他不断地摇啊，摇啊，到家了还在摇。你真应该看看他的样子！

***

孩子们很喜欢辛普利西奥的故事。

他们觉得有一个黄色巴士可以等待是多么美好啊。

149

第十六章　禁止说真话

每个孩子的心中都有一个愿望，或者说梦想。

一直以来这些愿望都很难向他人诉说。

是这些愿望无法被理解吗？是这些愿望奇怪到再没有第二个人拥有同样的愿望吗？还是因为这些愿望根本无法实现？是这样吗？是那样吗？……

还是发布一条新的禁令吧！

轮到卡洛塔了，她圆圆的眼镜遮住了两只像海水水滴一般幽绿的眼珠，上翘的小鼻子，棕色的头发如此卷曲和浓密，以至于一只蝴蝶曾经误以为那

是一片森林而闯入其中，并决定在那里定居。最后是卡洛塔的母亲放走了它，让它可以飞去由树木和植物组成的真正的森林。

卡洛塔喜欢独处，她阅读、创作诗歌以及奇妙的故事。

那一天，她给吉诺带来了一封密封的信，信上还有一枚红色的蜡封。

"这是我写给你的。"她轻轻地说。

吉诺把它攥在手心里，带着他特有的微笑，回答说："谢谢你！我今晚会读它。"

"不要给任何人看，这是个秘密！"

"没问题。"

吉诺是一个知道如何保守秘密的人。

卡洛塔怀着一颗满足的心，说出了禁令和童谣。

禁止说真话

即

有时我编造一些不真实的事情，

我说谎是为了让自己被看到。

我想让自己看起来像个好人，

我想显示我是好人。

因为如果我告诉你我的真实身份，

你就会把它泄露给全世界。

"好样的！说得好！"吉诺说道，然后用他粗糙的、关节粗大的手抚摸着她的头发。

他走进厨房，拿着一个篮子走了出来。

孩子们都很好奇。

吉诺开始在木头上雕刻小雕像，他为每个孩子都做了一个。

有仙女、妖精、精灵、小矮人，他们的头发是用木刨花做的，衣服是用碎布做的，脚上还穿着皮料做的小鞋子。有些小人儿背后还用薄薄的羔皮纸做了翅膀。这些小木雕都很精致，所有人都不难看出，这些是吉诺为他们做的。他们通过拥抱他、拉扯他的胡须，并围着他转圈来感谢他。吉诺在孩子们中间跳起了舞，摇摇晃晃。

然后他们在餐桌旁坐下，身边放着属于自己的小雕像，他们时不时地用手紧紧握住，感受这份礼物带来的快乐。

"今晚你们会很开心！"吉诺说，"闭上你们的眼睛，闻闻大海的味道……"孩子们在草地上伸了个懒腰，闭上了眼睛。

那天晚上，风抚摸着树叶，抚摸着沙滩和大海。

然后吉诺开始讲故事了。

***

一个特殊的消息

八月的一个清晨，微风拂面，在一个著名的海滨度假胜地，阿戈斯蒂诺先生像往常一样出门散步。

"清晨在海边散步是件好事，呼吸着纯净的空气，平静的心情着实令人振奋！"阿戈斯蒂诺先生以明智的口吻说道。他每天六点就已经在海滩上了，无论是夏天还是冬天，秋天还是春天，也不论是星期三还是星期天。

阿戈斯蒂诺先生是一名退休的邮递员。

在他漫长的职业生涯中，阿戈斯蒂诺先生骑着他的黑色自行车送出了成千上万的明信片、信件、账单、报纸、贺卡、带来好消息的婚礼请柬，还有带着恋人叹息，贴着邮票的坏消息。

那天早上，阿戈斯蒂诺先生比往常更加高兴地出门了，当他到了沙滩上，他才意识到，他把他的眼镜忘在了家里。

"就这样吧。"他对自己说，"我对这条道路早已烂熟于心。即使这次看得是有点模糊，没关系，就这样吧。"

在第一个码头的高处，阿戈斯蒂诺先生像往常一样看到远处的埃吉迪奥先生在钓鱼。就在他向埃吉迪奥先生点头致意时，埃吉迪奥先生的鱼钩钩住了一条鱼。埃吉迪奥先生拽了一下鱼线，钓起了一条银色的小沙丁鱼。

阿戈斯蒂诺先生没有戴眼镜，从远处逆光看去，看到一个闪亮的剪影在蓝天中运动。他评论说："看看多幸运啊，一大早就钓到一条漂亮的海鲈鱼，至少两公斤重！"当他回到家时，他立即告诉了他的妻子安东涅塔夫人。

他说："你应该看看这个，埃吉迪奥刚刚钓到一条超过三公斤的海鲈鱼。"他多说了一公斤，只是为了给人留下更深刻的印象。

安东涅塔夫人穿着睡衣站在阳台上，给她的散发着幽香的植物浇水。那天早上，她没有什么消息可以和邻居交流。她抓住这个机会喊道："嘿，玛丽乌西娅，你听说了最新的消息吗？海滩上的埃吉迪奥钓到了一条五公斤重的鲭鱼！"

事实上，安东涅塔夫人也不是什么鱼类专家，鲭鱼或海鲈鱼对她来说没有什么区别。至于公斤数，简而言之，三公斤、四公斤、五公斤，这又有什么关系呢？

　　玛丽乌西娅夫人加入了当地的剧团，作为她日常的一种消遣，她总是会出演特别戏剧性的部分。她穿着围裙、拖鞋，头上还戴着卷发器，跑下楼梯，喘着粗气对门卫拉斐尔说："我亲爱的拉斐尔，今天早上有件大事，在海滩上，在马雷基亚罗浴场，埃吉迪奥抓到了一只十公斤重、八十厘米长的龙虾。"

　　玛丽乌西娅是可能有点夸张了，但她还是关心细节的，所以她至少在以下几点可以做到准确无误：发生地点和捕捞物的尺寸。

　　你们应该知道，拉斐尔对鱼和任何在海里活动的东西怕得要死。因为有一次，当他正在海滩上晒太阳时，一只螃蟹钳住了他的大脚趾。于是他马上拿起电话，打给他做果蔬凋败的表哥埃内斯托。

"埃内斯托，嘿，埃内斯托，你都想不到的。今天早上，他们在海滩上发现了一条两米长的鲨鱼！"

所以，事实上，拉斐尔已经把玛丽乌西娅告诉他的内容，完全凭想象开始臆造，自己想了一条鱼。

至于埃内斯托，我们必须得说一声，他总是靠寻找新闻来吸引和招揽他的顾客。当他们听他讲那些收集来的美妙故事时，总是会不自觉地多拿一些额外的胡萝卜和小胡瓜到购物篮里。"早上好，骑士。"他对克莱门特·森登扎博士说，这位博士是一名律师，他每次来买西蓝花时都会向大家介绍他在桑给巴尔和朱迪里充满异域风情的假期。

"你知道吧，今天早上在海滩上人们看到一条鲨鱼。那可是一只巨大的野兽。它咬坏了两艘

橡皮艇、一个沙滩床垫和至少三艘脚踏船!"

埃内斯托当然不缺乏想象力。毕竟，在他年轻的时候，他至少读过两次半的《海底两万里》。

律师森登扎是个冒险电影迷。他有一个记者朋友。于是，眼皮眨都不眨一下，就拿起电话拨通了编辑部的电话。

"马上给我找本韦努托·法塔奇奥博士!"他兴奋地对在总机旁锉着指甲的热心秘书说。

"喂?"几秒钟后，四间房（这样取名是因为那个迷人的小村庄就叫这个名字）官方公报的主编法塔奇奥用一种略显无聊的声音回答。

"哦，本韦努托，你坐在办公桌前做什么，就在离你办公室两步远的地方，一个爆炸性的新闻正等着你。"

"什么？什么？发生了什么要紧的事，快快全部告诉我!"本韦努托说，他已经很激动了。

必须指出的是，在四间房官方公报的编辑部里，发生的最大新闻可能就是两年一度的莫塔德拉的开心果熏肉节。所以本韦努托总是在努力寻找一些重大的新闻事件。

"真是无奇不有！无奇不有！"律师森登扎回答说，"有一条鲨鱼，准确地说，是一条虎鲨。准确地说，因为它，恐慌已经传遍了整个海岸，从瓦特拉佩斯卡到克勒帕尔蒂都很惊慌。显然，它跑到海滩来了，还咬坏了十几把遮阳伞和不知道多少把躺椅。游客们都不敢再去沙滩，所有的酒保都在为他们库存的三明治和吐司而感到担忧！"

"我来了，我马上就来！"本韦努托喊道，并从沙发上跳了起来，一边穿上外套，一边翻找笔和纸。

不到十秒钟，他就到了院子里，跳上他的维斯帕摩托车，但在飞奔去海滩之前，他转道去了当地电视台，他的女朋友罗莎拉·科罗娜卡就在那里工作。

本韦努托告诉电视台导演奥古斯托·特拉菲列托先生这个新闻，三言两语描述了一下他听到的所发生的大事：有条鲨鱼，也许是两条，造成了沙滩恐慌，有人受伤住进了医院，这是国家紧急情况。

特拉菲列托先生立即打断了上午的节目，并播出了一段特别的临时节目，其中宣布："突发新闻！成群的鲨鱼在四间房的海滩上：人民安全保障负责人宣布了这一灾难状态。来自欧洲各个国家的慷慨援助正源源不断赶来。

与此同时，一辆保姆车带着记者和摄像机，紧跟在本韦努托的车后面出发了。

当他们到达海滩时，乌泱泱的人群挤在那里。就像锡耶纳赛马节的时候在锡耶纳的坎波广场上的人一样多。警报器在响，女士们在喊，救生员在跑，孩子们在好奇地窥探，男士们穿着背心、条纹拳击短裤，抱着双臂，嘴里叼着烟，已经准备好跳入海中，去从鲨鱼的锋利的尖齿下救出可怜的落水者。

在远处的码头上，渔夫埃吉迪奥先生，正撸起袖子做他有名的"沙丁鱼三明治"。与此同时，邮递员阿戈斯蒂诺先生也来了，阿戈斯蒂诺带着一壶酒，在一旁期待着今早不寻常的烤鲜鱼早餐。

"下面的海滩怎么了？那些喧闹声是发生了什么？"阿戈斯蒂诺先生随口问道。

"谁知道呀！"埃吉迪奥先生回答说，他全神贯注处理那四条银色的小沙丁鱼，"可能是一场演习？"

***

孩子们听到小沙丁鱼变成……一群鲨鱼的故事，感到不可思议地大笑了起来。

在回来的路上，他们互相比较，回忆他们在生活中说过的最大的谎言。

第十七章　禁止哭泣

领头的马可提出要给吉诺还个礼。这个想法得到了大家的一致赞同。

吉诺是一个非同寻常的朋友，他与其他人都不一样。

于是孩子们决定给他一个惊喜：他们每个人都要从家里拿出些好东西带给吉诺。限时一小时。

他们回到自由广场时，口袋里装满了巧克力、糖果、饼干、口香糖和甜食。

马可还拿来一个漂亮的有花朵纹样的盒子，这个盒子曾用来放他收藏的珍贵化石。

孩子们还写了一张纸条："谢谢你，我们的朋友吉诺。"然后每个人都签上了自己的名字。之后便匆匆启

程了。

当他们到达时，吉诺正在厨房里，在炉子上搅拌着番茄酱汁。

他打开了盒子，惊讶地张大了嘴。

他读过纸条，两大滴眼泪从他的眼睛里涌出。他很感动，喜极而泣。

孩子们环顾四周，不知道该说些什么做些什么。

他最后说："来吧！"然后用大手擦干净了脸颊，"现在告诉我今天的禁令吧。"

"我们可以发布'禁止哭泣'。"里卡多跳了出来。这个提议被批准了。

卡洛塔，这位"作家"，被委托撰写这首童谣。卡洛塔让爱丽丝帮他一起完成。他们坐在橡树下讨论了一会儿，写了又擦。最后，他们把写好的纸拿给里卡多，来让他读。

禁止哭泣

即

　　泪水是苦涩的，它们灼伤了皮肤，

　　泪水有时会使星星熄灭，

　　泪水是孩子的事，

　　如果你哭了，大人们会认为你还是个孩子。

　　但你长大了，像个骑士一样强壮，

　　请就把你的哭声锁在你的心里。

吉诺的"好样的，说得好！"的夸奖这次也没有缺席。

他的眼睛仍然因孩子们带来的惊喜而闪闪发光。

晚饭后，他们目不转睛地看着蝴蝶、苍蝇、蜜蜂和蜻蜓不停变换的舞姿，它们在几朵仍然绽放的花朵上休息。在吉诺的房子周围，是各式花朵组成的"云海"。从天上看，这片草地就像是画家的调色板。

然后是聚会时间，吉诺把孩子们送给他的那盒糖果放在桌子中间，里面的东西来自每个人。

今天的故事是这样的。

***

泪水收集者

很久以前，有一个手里拿着水晶壶，在全世界奔波的人，无论他走到哪里，是在沙漠里还是在山脊上，不论是在邮局或是在市政厅的广场上，人们总是可以看到他紧握着他的壶，非常谨慎，仿佛这把壶既易碎又珍稀。

后来人们发现，这个人是……一个泪水收集者！

他的工作很奇怪，不是吗？他肩负着自己所要完成的使命，从来没有停下过，这边跑来，那边跑去，因为眼泪是无穷无尽的，他不想错过任何一滴。

"它们都很珍贵，"他气喘吁吁地说道，"像宝石一样珍贵。"

这个人很了解眼泪的价值，因为他曾经哭过。

所以他一直在不停地奔跑，奔跑。每当一滴眼泪落下，滴答，他就会等在那里，就像这样，把它收集在他的水晶壶里。从清晨公鸡开始打鸣一直收集到深夜。

他在河岸边，收集起一个渔夫的眼泪，滴答，他在为他离开的爱人哭泣。

在一部电梯里，他收集了一位在大楼顶层独居的先生的眼泪，滴答。

还有一个小女孩的眼泪，滴答，她在混乱的市场中丢失了她的娃娃，但没有人关心。

还有一个女人的眼泪，她在那天晚上成为一名母亲，感觉就像一个幸福的热气球。滴答、滴答、滴答。

还有那些在火车上的，即将离家远行的人的眼泪，他们轻声哭泣，尽可能不发出声响，以免打扰周围的人，滴答。

泪水……更多的泪水，滴答，有的滴落在笑声中，有的滴落在话语中，有的滴落在沉默中，有的滴落在歌曲中。你们可曾注意过吗?

他没有片刻的休息。那个收集者,全天每时每刻,就这样一时不停地收集。

因为每一滴眼泪都有它的重要性,那些房间里或照片里的眼泪,那些来自真诚的欢笑之泪或虚伪的鳄鱼之泪。那些总统的眼泪,大人物的眼泪和那些无名之辈没人注意到的眼泪,绝望的眼泪,那些希望的眼泪,还有那些可能因为眼睛已经不在,没能流出来的眼泪。那些小孩的眼泪,老人的眼泪。那些在镜子里被看见的眼泪,那些藏在手心里的眼泪。那些昨天洒下的眼泪,那些明天将溢出的眼泪,没有人知道是为了什么。

那个收集者明白了一件事:在每一滴眼泪中都有生命……

没有一滴眼泪被浪费。

没有一滴眼泪被遗忘。

"听着,所有人都听着。"那个收集者左右相告。

"有时眼泪也是一种心灵的良药。它能冲刷掉一些痛苦。不要忘记!没有哪种眼泪更高级,也没有哪颗

眼泪应该和用过的纸巾一起被扔掉。你们知道吗？哭泣和眼泪，对所有人来说都是平等的。"

但谁又知道在整个镇上是否有人，或者是否至少有哪个人真的听进去了他的话？

当他装满了他的壶，他就会跑（他一直都在跑）着把它带回家，然后带着另一个壶重新出发，绝不浪费时间。

"这个人真喜欢浪费时间，"人们喃喃自语道，"那个家伙，为什么会有收集眼泪的习惯，他能用它们做什么呢？"

但有一年，大旱来临。好几个月都没有下雨，那些村庄里的土地就像沙漠。没有一株草，也没有一朵花能活下来。

那位眼泪收集者呢？

他的房子里摆满了水壶，而水壶里装满了泪水。

因此，他用这些水浇灌草坪、菜园和花园。他小心翼翼地浇灌，甚至连角落和缝隙也不放过。

似乎他一直都知道，将会发生什么。

人们见了，有人做出不屑一顾的表情，有人在讽刺，有人径直走开，还有人悄悄地说，没让人听见：

"也许那个收集者是对的，他比任何人都更了解这个世界。"

奇迹发生了。

草地、果园和花园里长满了水果和花卉，有成千上万个品种。而且有成千上万种颜色。我相信它们是眼睛的颜色。

甚至，也许，是心的颜色。

***

就像吉诺的树，结满了果实；就像吉诺的花坛，开满了鲜花。

第十八章　禁止找人帮忙

那是一个吃草莓的下午。

在吉诺的房子后面有一块长方形的土地。在锯齿状的绿叶和骄傲的小白花下面，有无数颜色鲜红、肉质肥厚、口感爽脆的"红宝石"冒出头来。香气在空气中飘荡。

孩子们去寻宝了。他们分成了两队：一队由马可带领，另一队由亚历山德罗带领。

30分钟时间，准备，开始！

吉诺叼着他的烟斗，看着他们。

"拜托各位，你们可以摘水果，但别踩到其他

植物。"

亚历山德罗队获胜：放草莓的小盒子看起来像一个珠宝盒。

"现在我们要尝尝看了！"吉诺笑了。

都无须说两次。

后来还是亚历山德罗做了禁令发言人。当天的禁令是：

禁止找人帮忙

即

　　我自己安排吧！我自己来！

　　用你的翅膀，我很抱歉，我不会飞。

　　如果你帮助我，一点用处都没有。

这显而易见是我个人的行为。

别烦我，让我自己静静。

你怎么想的，我有能力！

"好样的！说得好！"吉诺低声哼了一声。

然后，一些人准备好了桌子，另一些人给水壶装满水，其他人端上意大利面。你还记得名叫日内瓦和斯德哥尔摩的这两头奶牛吗？吉诺还向孩子们提供了来自它俩的牛奶制作的奶酪，那奶酪还温热着，入口即化。

那天晚上他的故事有一个奇怪的标题。

***

斯特拉帕拉齐工程师

斯特拉帕拉齐工程师是非常有名的。

他是一个摩天大楼的建造者，一个著名的摩天大楼建筑师。

斯特拉帕拉齐工程师总是出现在报纸的头版，甚至会上电视。

每个人都采访他，每个人都给他打电话，每个人都想见他。

他的摩天大楼是世界上最漂亮的，它们是被人模仿的标杆。

如果有人要建造摩天大楼，他们就会去找斯特拉帕拉齐，这个名字就像是一个质量保证。他们甚至创造了这样一句话："你就像斯特拉帕拉齐那样厉害。"你们听说过吗？

当斯特拉帕拉齐来时，人们给他铺上红地毯，为他准备许许多多的接待礼数，摄影师们争相为他拍摄特写照片。

"这个人好厉害！"人们说，"一个真正的天才，一个工程方面的能工巧匠。"

他来到这里，向每个人挥手，发表他的演讲，然后离开。周围伴随着热烈的掌声和密密麻麻的评论："你听到了吗，嗯？他真的很专业，他真的很懂他做的东西！他是一个无所畏惧的人，斯特拉帕拉齐！斯

特拉帕拉齐？他不需要任何人，他一个人就够了，相信我。"

在一个美好的日子里，斯特拉帕拉齐被总统亲自召见。这是一个重要的场合，斯特拉帕拉齐穿着比平时更优雅的外套，系上领结，戴上袖扣，穿上闪亮的漆皮鞋，出现在会面场地。

人们争相和他握手，这个人说很高兴见到你，那个人说很荣幸见到你。每个人都想显得比对方更礼貌和更友好。这个人说我的荣幸，那个人也说我的荣幸，每个人都想比别人显得更敬重斯特拉帕拉齐。

"听着，我亲爱的斯特拉帕拉齐，"总统开始说道，"我想扩建我的这座摩天大楼，增加五十层左右，或者更多层，你觉得怎么样？"

"好的，非常好，可以的，能做到，没问题。"斯特拉帕拉齐愉快地回答。当他说起摩天大楼时，他总是很高兴。

"那么我建议你乘电梯上到一百五十七层，也就是顶层，你得从那里开始增建。请你先来。"总统说，"让工程师斯特拉帕拉齐先走。"

"恕我直言，总统先生。"斯特拉帕拉齐平静地回答说，"我从小就患有眩晕症，我从来不去二楼以上的地方，否则就会心悸。但是您不用担心！我最值得信赖的同事——'左膀右臂'先生，他将能跟您到任何有需要去的地方。

　　总统藏起了他脸上的惊讶表情，但仍保持微笑。

　　"那么我想说的是，关于详细检查项目正在做的部分。你知道，比如测量，以及所有这些其他事情，你能和我一起去看看吗？"总统换了个话题。

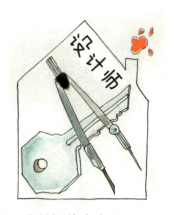

　　"原谅我，总统先生，但是您知道，我一直有一个特殊的视力缺陷：当我近距离看东西的时候，我的视线会交叉，这里的东西我看到那里，上面的东西我看到下面，下面的东西我看到上面。但别担心！我将派出我最优秀的合作者——'精准测量'先生，他在评估项目和起草测量报告方面可以说是无可挑剔的。

　　总统收起了失望和不悦表情，仍保持微笑。为了缓解自己的尴尬，他补充说："那我请你跟我到我的办公室，我们一起来计算一下这个项目需要花费多少钱吧。"

"您别激动，总统先生，我和算账向来不和。当我计算时，我会算错折扣，漏掉预付款，我实在搞不懂报表，也不晓得怎么写账务表。总而言之，我在数字方面有点笨。但您别发愁，我万无一失的助手——'三乘三'会计师，在数字上不会错一个符号：短短几天她就能给您一个准确的账单。

总统再次藏起了脸上遗憾的表情，继续保持微笑。

他做了最后一次尝试："那么我们预测一下什么时候可以完成建造？你知道，要组织开幕仪式，通知媒体，邀请各机关部门，以及所有其他事情。"

"我不想听起来很无礼，总统先生，但从六岁开始，我就对预测过敏。准确地说，是对任何形式的预测。您看，如果我看电视上的天气预报，我就会立刻起荨麻疹。如果我预估需要三个月，实际会需要三年，如果我预估需要八周，那么两天时间就够了。但是，您安心入睡不用顾虑！您知道吗？我高效的合作

180

者——'高瞻远瞩'行政总监将为您提供一个细化到分钟的时间进度表。"

听到这里，在这一点上，总统没有再忍耐了，他真的很失望。他脱口而出："亲爱的斯特拉帕拉齐，请原谅我的冒昧……但是，建一座摩天大楼这件事中，你到底干了什么呢？"

"瞧您说的，总统先生，我可以非常轻松地回答您。我负责出想法，当我设计一座摩天大楼时，全部规划都在我心里，我早已胸有成竹。比如说，您想要的那座楼，我已经都想好了，您知道吗？它的窗户将是小提琴和蝴蝶形状的，像梦想那样舞动着飞翔；里面有放着长椅的电梯，可以坐在里面阅读报纸；天花板上和淋浴间里会有异国花朵，可以让您闻到世界各地的香气；我会用鹦鹉代替闹钟；吊灯上有光线充足的日历，以防忘记生日。我们可以采用滚轴溜冰鞋，方便从这里移动到那里；书桌会摆上装了五颜六色沙子的罐子，给您一种去海滩的时候的感觉。沙发的两端是机械手臂，取代了传统的扶手，以备您需要时，可以给您一个拥抱。就在大楼的顶端，我们会放一个专门的彩虹风车，方便您了解风的行进方向。

"非常好，前卫，了不起！"总统感叹道。但说实话，他仍然有一点怀疑。然后，斯特拉帕拉齐保证说："关于剩下的，不用担心，不用担心，我有我的合作团队。"

这就解释了一切：这就是为什么这些摩天大楼，尤其是斯特拉帕拉齐的摩天大楼总是如此美丽。

***

也许这就是为什么去吉诺家这么好：因为所有的事情都是大家一起做的。在树林里，在回家的路上，孩子们看到了萤火虫。它们就像在黑色空气中跳舞的灯光，照亮了道路。

第十九章　禁止记得

谁知道，当鸟儿在春天回来的时候，它们是如何准确地记住它们在哪里留下了它们的巢？仿佛有一条除了它们自己，其他人都看不见的航线在指引着它们。

吉诺的鸟巢总是非常受欢迎。是他建造了这些鸟巢，一共有七个：高、低、宽、窄，形状不同、颜色不一。

鸟巢上有倾斜的房顶（方便排雪，就像真正的房子一样），前面有一个宽大的圆形开口，下方有一个长木钉，鸟儿可以在上面栖息，让风帮它

们梳理羽毛。

吉诺总是在里面撒上许多的小谷物和面包屑。

那天下午，为鸟儿们提供食物的任务交给了孩子们。

在他们的头顶上，在高高的蓝天里，鸟儿们正自由自在地飞行，一边鸣叫着一边期待着它们的午餐。

孩子们的晚餐也像往常一样丰盛。

舔干净番茄胡须后，朱利奥站了起来。他很贪吃，他有一张像满月般圆圆的脸。肚子像放在沙发上的垫子一样圆。他说出了他的禁令，像嚼着薯片一样嚼着他的话。

禁止记得

即

糟糕的记忆消失了，

悲伤的你来告密了，

沉重的记忆让我害怕。

它们离我很远，但我仍能感觉到，

现在我吹散了它们，我吐露出了它们，

我擦掉了它们。

我用我的尺子在它们上面画了一条删除线。

"好样的！说得好！"吉诺说，"甚至贾科莫也试过做这样的事情，你们知道吗？"

然后他开始讲故事了。

为贾科莫而施的魔法

有一天，贾科莫去找森林里那个可以实现所有愿望的魔法师。

他来到森林里，敲了敲门，魔法师来开了门。

"进来吧，孩子。"魔法师说道。他有些苍老，弯着腰，没有牙齿。

贾科莫感到有点失望，这和他想象中的魔法师大相径庭，这可是一位著名的魔法师！但没关系，最重要的是他会魔法，哪怕他是个秃头、没牙又驼背的人也没关系。

"你有什么愿望，我的孩子？"魔法师用一种虚弱的、颤抖的声音问他。

"嗯，您看，魔法师先生，有一些事情我真的想忘记……"贾科莫低声说，仿佛在那附近有一个不应该听到的人。

"啊？你说什么？什么？"魔法师问，他真的非常非常老了，耳朵也听不见了。

"我是说……"贾科莫试图解释，他提高了声音，"我想抹去那些悲……伤……的记……忆：被责……骂、家庭作……业、与姐……姐的争……吵，打……扫卫生和拖……地，朋……友们的怒……气，我不想要所有这些糟糕的记忆！"

"啊？你……在说什么……呢，孩……子？"魔法师大声喊出来，以便能更清楚地听到自己的声音，"你想要……的是什……么？删除……所有人的……记忆？"

贾科莫大声喊叫，打手势，跳起来手舞足蹈，但一点用也没有，魔法师根本听不到。

于是，贾科莫离开了，而魔法师是一个严肃认真

的人，他把他的职责都放在心上。于是他按他以为听明白的内容施展了魔法。

到家后，贾科莫按了门铃。

他的姐姐瓦莱丽娅来到门口。

"你是谁？"她问他。

"别犯傻了，"贾科莫告诉她，"让我进去，我还有作业要做。"

"你怎么敢，你这个臭小子！"她冲口答道，"哪来的哪待着去吧！我不认识你。"然后把门摔在他脸上。

贾科莫走到后花园，他妈妈正在那里晾晒衣服。

"妈妈！能不能把钥匙给我，让我进去？"贾科莫对她说。

"你在这里做什么，小男孩？"他的妈妈反问道，并把他从头到脚打量了一遍，"你也许是迷路了？"

贾科莫怀疑，这个魔法师已经闯了大祸。

他离开花园，走向托马索，他最好的朋友的家，前一天贾科莫刚和他吵过架。

"我不想再见到你了！"托马索对他喊道。

他总是这样说，但之后一切又恢复得和以前一样。

托马索正骑着他的红色自行车准备离开。

"嘿，托马索！"贾科莫叫他，"来踢两场五人制足球怎么样？"

托马索怀疑地盯着他："你是新来的孩子吗？我从来没有在附近见过你。"然后他从对面骑上自行车座椅，踏着脚蹬子冲刺而去。

贾科莫越来越担心。

他到家的时候，爸爸正开着他的车下班回来。

最后的希望。

他站在路中间，挥手，要求他停下来。

"嘿，孩子！别挡路，车子会伤到你的。"爸爸从车窗伸出头来喊道。

没错了。现在他确定了。魔法师制造了一个大麻烦。

没有人再记得他了。他不再有两个责备他的父母，不再有一个唠叨的姐姐，不再有地板要打扫、架子要除尘的家。也不再有作业要做，不再有生他气的朋友。所有的一切都没有了。

他已经一无所有了。

他开始猛跑，用五分钟就来到了树林里，来到了魔法师的身边。

这一次，他从裤兜里掏出带铅笔的记事本，他在一张方格纸上用大写字母写道：亲爱的魔法师，请你把刚刚的魔法给消除掉。最好的问候。再见。

当魔法师打开门时，贾科莫把记事本放在他面前。由于魔法师非常老，眼睛也看不太清楚。

但这些字母非常大，他能够看清，没有太大的困难。

"一定会的，我的孩子，一定会的。你还没到家，一切就已经和以前一样了。"他在那本大魔法的公式书里翻来覆去地看，想把魔法解开。

贾科莫还在栅栏门那儿的时候，他的母亲就从窗口对他喊道："你小懒虫！这段时间你都去哪儿了？书架上都是灰了，地板也该拖了！"

瓦莱丽娅在花园里，在花丛中拔掉杂草。

"大懒虫！每次要一起干活儿的时候，你总能找到一个办法溜走，不是吗？"

接着就轮到爸爸了。他在门口。

"你打算什么时候做作业，啊？如果你再拿只考了四分的试卷回家，你就给我等着瞧！"

这时，托马索骑着他的红色自行车路过，他用灼热的目光盯着贾科莫的眼睛，然后，吐出长长的舌头，还给他模仿了一个放屁的声音，这声音大得肯定会一路传到邻居家的。

贾科莫笑了。

能被别人记住多好啊！

***

在回来的路上，朱利奥想，如果魔法师真的存在，他就会要求魔法师帮他忘记那些取笑他的人，以及说他是个大胖球之类的话。

但他从未想过要被他的朋友们忘记。

第二十章　禁止害怕

那天下午，天空是一种不祥的暗灰色。膨胀的云层从一边迅速地移动到另一边。阴沉的空气拍打着树木。

孩子们还在小路上跑着，突然大颗冰冻雨滴落在

了他们赤裸的手臂和双腿上。

一道骤然的光亮穿透了森林的昏暗。紧接着，压倒性的雷鸣声使脚下的大地震动。

"打雷的时候一定不要待在树林里！"

"树木会引来闪电！"

"如果雷声紧随闪电之后，这意味着暴风雨即将来临！"

所有这些来自大人们的叮嘱积攒在孩子们心里。

一种恐惧笼罩着他们，是那种让人感到窒息的恐惧。但是，恐惧也让他们的腿像装了轮子似的。吉诺一边大开着门等着他们，一边担心地捋着他的胡须。

他们终于上了楼，冲进了厨房，跌坐在椅子上，疲惫不堪。就在这时，暴风雨爆发了它全部的力量。雨滴变成了倾盆大雨，如果向外看，你会看到雨水波涛汹涌，就像空中的大海。在玻璃天窗上，大雨像石子组成的瀑布倾泻下来。几分钟内，大地就被淋湿了。

骤来的夏季阵雨总共持续了半个小时。

然后，风驱赶着，云聚集在山谷尽头，就像牧羊犬驱赶羊群一般。

天空恢复了浓郁的蓝色，它的笑容就是弯弯的彩虹。清新的空气闯进鼻子，你能感觉到它顺着你的喉咙一直流到你的胸口。

孩子们赤脚走出来，踩在湿漉漉的草地上，他们的脚发出窸窣的声音。玛丽亚·索莱展开了旗帜。它在微风中摇摆，还试图飞走，她忽闪着清澈的淡褐色眼睛，用清澈的嗓音宣读着：

禁止害怕

即

　　　巫婆、妖怪、鬼魅和怪兽，

　　　盗贼、骗子、骷髅和巫师，

　　　黑暗的吸血鬼、阴暗的蝙蝠，

　　　多毛的蜘蛛、魔鬼和幽灵，

　　　我只是不明白恐惧的意义何在，

　　　它只是一种愚蠢又糟糕的折磨。

吉诺捋着他的小胡子，思考着。

"有了！"他脱口而出，"我想到了！"他指的是要讲的故事。

他们回到厨房，围着长桌坐下来。欢快地吃了起来。

夕阳慢慢地落下了。吉诺将一个灯笼放在桌子的中央。

每个人的影子都被投射在墙上，就好像在他们身后，有一排黑色的、无声的人，人们看不到他们的眼睛。

在开始之前，吉诺没有忘记说他的"好样的！说得好！"

然后……

旅途中的伙伴

"我迫不及待地等待你的到来！我会等着你的，再见，卡米拉奶奶。"

这张明信片就这样结束了。

奶奶喜欢明信片胜过电话，胜过任何形式的消息。对此她有一种真正的热情，尤其当她有重要的事情要

196

说的时候，她会寄送最稀奇古怪主题样式的明信片。有一次，为了讲述她在村里的彩票店中了一辆自行车的事，她寄了一张车轮形状的明信片，车轮的辐条之间还有三角形的镂空。谁知道她从哪里找到的这些明信片？

这一次的明信片是波浪的轮廓，上面写好了给朱塞佩的邀请：来一场为期一周的假期吧！

卡米拉奶奶住在海边。她的房子整体都是色彩缤纷的，有着大大的窗户和飘动的窗帘。房子就刚刚好在岸边，晚上你可以听到海浪声，闻到海草的味道，仿佛大海就在床底下。

奶奶是宠爱孩子的专家：她会准备蛋糕和堆得像小山包一样的冰激凌，带孩子们去海边散步、捡贝壳、扎猛子，在沙滩上做游戏，到了晚上，就讲经验老到的水手、勇敢的船长、冒失的新人水手、水怪的故事。还有爷爷埃拉尔多的故事：他曾是一名渔民，虽然朱塞佩从未见过他，但他从奶奶那里知道了他所有的冒险经历，他的照片也看了不知道多少次。

但有一个问题。没有人可以陪伴朱塞佩：妈妈和爸爸都忙于工作，而他的姐姐爱丽丝已经去了童子军营地。

所以朱塞佩不得不一个人前往卡米拉奶奶家。他得乘坐火车、公共汽车，再穿过一个大城市，在深夜才能抵达。

但奶奶的邀请太诱人了，所以朱塞佩不再考虑恐惧，给奶奶打了电话，告诉她："听着，奶奶，我一定会来的！"奶奶高兴地跳了起来，电话还抓在她手里。

然而，在他要离开的前一天晚上，恐惧又出现在朱塞佩身上：那像是一个圆形时钟的形状，上面写着巨大的红色数字，像心脏一样跳动着。指针旋转着，发出带来压迫感的金属质感的嘀嗒声。

恐惧就是这样，总有不同又难以预知的形状，就像卡米拉奶奶的明信片一样。

朱塞佩很担心自己不能准时起床。他想象出一幅景象：他穿着拖鞋和睡衣追赶大巴，而大巴全速飞驰而过。

"恐惧"时钟的出现提醒了他把闹钟调到七点，让自己平静地做好准备。这样，他终于睡着了。

早上，"恐惧"准时出现了：在大巴里坐着，就坐在他前面。那是一位瘦小的女士，脸上有皱纹，鼻子附近有一颗大痣，头发蓬松，鞋子尖尖的。时不时，她就转向他，给他一个恐怖的微笑。看起来就像巫婆在童话故事书中的形象。

朱塞佩再次想到妈妈的叮嘱："不要对任何人无礼，但也不要相信陌生人。"

他一直保持着高度警觉。

在车站，"恐惧"让站台显示时刻表的电子显示屏也发生了故障。

从这一天的开头开始，朱塞佩就担心自己会错过火车，谁知道他到底会去到哪里？然后又将如何独自回来？他想象着这样的场景：一列火车在一条黑暗、没有尽头、没有空气的隧道里，而他独自一人，突然间……

朱塞佩在打票机上非常完美地给他的车票打了时

间日期。为了万无一失，他去了问询处，在那里，一位善良的年轻女士向他指示了准确的等车位置。

当从火车上下来，在一段似乎永不结束的旅程之后，朱塞佩去乘坐了公交车。

他必须得穿过一条上面有急速车流呼啸而过的道路。

这一次，"恐惧"变换成了一辆巨大的卡车，全速向他冲过来：它刺眼的大灯就像猛兽的眼睛，发动机咆哮着，仿佛要把路给吃了。

朱塞佩记得要寻找人行横道，等待绿灯，左顾右盼了好几次，只有在他确认安全时才通过。"恐惧"为了捉弄他，用卡车后面的红灯向他眨眼。

朱塞佩等公交车时已经累了。"恐惧"又回来攻击，变成一种冰冷的黏液弄乱了他的头发。于是，他从背包里拿出一条

头巾绑在脖子上，把一顶轻薄的棉帽戴在头上，突如其来的喉咙痛更像是压死骆驼的最后一根稻草。

当他下车的时候，天空正在变暗，最后一段路不见了。"恐惧"现在变成了一个黑色的幽灵，躲在墙壁和过道里，追赶着他。

朱塞佩知道，最好是沿着有灯光、有行人的道路行走。他走得很轻快。

但当他走到卡米拉奶奶的房子附近时，他意识到，那里已经没有路灯了。

一片漆黑的幽暗突然笼罩了他。

"恐惧"决心要触及每个角落，变成一个巨大的多毛怪物和恶臭的烂鱼跟在他身后。

朱塞佩感到不知所措。

他开始跑。他跑啊跑，上气不接下气地拼命跑。他跌跌撞撞地爬上几级台阶，在一条小巷的尽头转弯，又进入另一条更窄的巷子。他跟跟跄跄，膝盖磕到沥青。"哎哟！"他疼得叫了一声，但马上又站了起来，继续跑。

他能感觉到他身后的怪物，它的呼吸就喷在他的头发上，而怪物长而锋利的手指像一股沉重的风，现在已经拂过他的脖子。

带着最后一丝力气，他气喘吁吁地来到奶奶的门前。他的心脏似乎已经跳到了喉咙口，已经喘不上气来。

他用力敲了敲门，喊道："卡米拉奶奶！"

但没有人前来开门。

朱塞佩再也不知道该怎么办了。

邻近房屋的阳台都上了锁，而那些没锁上的阳台则关着灯。

在他的眼角处，有两颗大大的泪水，流到了他的嘴角，尝起来像海水一样咸。

然后，突然间，那些卡米拉奶奶的神奇故事再次涌上他的心头：那些勇敢无畏的海员，不顾风暴，抵抗海盗袭击的故事。

埃拉尔多爷爷在那张照片中，站在他的船头上，骄傲地举着一条巨大的鱼。

别怕狂风，别怕暴雨。
勇气到来，勇气留下。
别怕暴雪，别怕飓风。
别怕鲸鱼，别怕狮子。

朱塞佩对自己重复这些话，然后把声音提高到几乎大喊大叫的地步。勇气在他心中变得鲜活而强大。

他不停地按门铃。

终于奶奶来开门了，穿着她的格子围裙，头上顶着一头卷发器。

她一看到朱塞佩，就把他拉进怀里给了他一个大大的拥抱。

"哎呀呀！你能来真是太好了！"

朱塞佩长长地叹了一口气，这口气就像爸爸的卷尺一样长，他的背上满是流下来的小汗珠，口干舌燥，他的膝盖还在发抖。

但在那里，从门口开始，他就闻到了比萨饼和未来七天神话般日子的味道。

在进门之前，他转过身，瞥见了那个恐惧的黑色怪物正在慢慢消散，噗的一声，像被风吹走的云。

朱塞佩在它消失之前，向它眨了眨眼睛。

然后砰的一声把门关上了。

***

当孩子们向家走去时，被朱塞佩打败的"恐惧"又继续跟着孩子们一道走。它躲在荆棘后面，躲在树枝上面，躲在较大的石头下面，变成幽灵的形状。它很聪明。

吉诺恐吓它，用棍子使劲敲打小路的石头。仿佛是在告诉它："你当心着点，我们在这里！"

但"恐惧"并没有放弃，一直跟着每个孩子走到家门口。

即使在那里……砰，它被狠狠地关在门外！

第二十一章　禁止成长

孩子们从吉诺那里学到了不少东西！

那天晚上，他还教他们如何制作番茄酱汁，以及如何用鸡蛋、面粉、水和适量的盐揉成意大利面条。

至于吉诺，他时不时地谈起他一直很想去，但还没有去过的旅行。他相信有朝一日他一定会去的。

孩子们想马上吃东西，因为他们想尝尝由自己准备的那顿晚餐。所有的东西都很好吃！

但现在，新的禁令要发布了，发布人是罗莎，罗莎有一头金色的卷发，额头前面的部分用两个薄纱制成的蝴蝶发卡固定着。她身材矮小，但很有干劲儿。

禁止成长

即

> 护理了。照顾了。抱紧了。疼爱了。
>
> 涮洗了。穿衣了。保护了。拥抱了。
>
> 思考了。包裹了。亲吻了。偏爱了。
>
> 梦想的。被祝福的。无忧无虑的。干净的。
>
> 只有一个词被其他所有词赶走了，
>
> 而这个词就是"成长"。

"好样的！说得好！"

吉诺表示赞同。

然后吉诺开始讲故事

**

小国王

离这里很远的地方有一个古怪王国。

它依傍在一座高山的陡峭嶙峋的山壁旁。

木屋紧贴在岩壁上，形状相当古怪。

这就是这个王国名字得来的原因。

王国的房屋设计得很奇怪：一扇窗在上面，一扇窗在下面，一扇大门和一扇小门，一个望月的天窗，一个放了几盆花的摇摇欲坠的小阳台。俯瞰下面的房子，恰好在屋顶上有一个悬空的小楼梯，一个由凹凸不平的石头组成的院子，一小片土地上有一个破败的菜园直突突地立在悬崖上。

在这里必须适应狭小的空间和怪异的岩石。

烟囱都有不同的方向：一个指向右边，一个指向左边；一个指向上面，一个指向下面；一个指向北方，一个指向西南方，它们看起来像几何书上的箭头。

烟囱里冒着热气，由于在高处，古怪王国的天气很冷，男人们得去山脚下稀疏的小树林里获取木材。

这里的居民们每天都在上上下下。

好吧，他们在古怪王国的日子并不好过。没什么好说的，生活很艰难，慢慢地，人们的皮肤变硬了，变厚了，以至于不想被抚摸。总之，那里也没有什么值得赞美。

城堡呢？是的，当然，还有城堡。它就在山顶，在山尖上，几乎没有多少空间留给城堡。

它当然不算是巨大的，但它作为一个值得尊敬的堡垒也算是"麻雀虽小五脏俱全"：有护城河围绕的城墙，还有吊桥、塔楼、哨卡、巡逻道以及巨大而厚重的木质城门，高高的塔楼上还有开好的木格窗。

当然，还有指向各个方向的烟囱，烟云飘飘，比其他所有飘荡的云朵都要高。

正如每个王国一样，这里也有一个国王。

但如今在那几个国家之间发生了一场战争。国王不得不放下一切，背负使命去支持曾经帮助过他的某个盟友。谁又知道他要远行多长时间？

一个王国不能没有国王，不用多说，他唯一的儿子立即被任命为了新国王。而他这个独生子，只有七岁。

于是，新国王在城堡的广场上第一次出现在了他的人民面前，他身高一米一，头戴王冠，冠冕太大压在额头上，衣袍扫过石头铺成的街道，看吧，那些个性有点粗鲁、外貌有点粗野的人开始大喊："好啊，这就是国王吗？他就比一个婴儿大一点！""国王，小屁孩国王，你把奶嘴丢哪儿了？""什么都不会做的婴儿国王来了！""我的天啊，他都没法够到窗台！"

小国王感到非常难为情，他逃到了城堡里，再也不出来了。"我太小了，当不了国王！"他心想。

他确实够不到窗台，甚至连头上戴上冠冕也够不着。他还够不到城门的门闩，更没有肌肉来转动升起吊桥的滑轮。他也没有胡须，能够让他看起来像个年轻力壮的小伙子。

日子一天天过去，几周、几个月，甚至几年。父亲还没有回来。而小国王总是把自己锁在城堡里，锁在走廊尽头他的房间里。他是如此悲伤，以至于已经不记得怎么笑了。

在一个有月光的夜晚，他走到窗前，在皇家花园的树枝上看到一只美丽的睡鼠，有着闪亮的皮毛和粗大的尾巴。

它一动不动地站着，似乎在看着他。

没错，这真是一件了不起的事情：小国王已经长得这么大了，甚至可以越过窗台看到外面。他兴致大发，把窗户打开了，一股秋风吹凉了他的脸颊。秋天的空气冻住了他的脸颊和思绪。

"终于，我一直在等你！快点，小国王，快出来，因为很快就要迟到了！"睡鼠低声说。

小国王觉得自己的心提到了嗓子眼，这是谁的声音？也许是睡鼠在说话？这可能吗？

"我太小了，我不能出去！"小国王回答说。

"为什么，为什么，我的孩子，你已经长大了，我来告诉你！"睡鼠催促他。

小国王跑到他的房间门口。

令他惊讶的是，他摸到了门把手。他打开门，走到走廊上，打开了通往花园的大门。

来了，他现在就在睡鼠旁边，睡鼠正在树枝的顶端看向他。

"我们走吧！"睡鼠对他说。

"去哪里？"小国王焦急地问道。

"为了证明你是一个真正的国王，能够照顾你的子民。"睡鼠庄严地说，"我将帮助你，因为我了解古怪王国的每个角落，每个细节，甚至最隐蔽的地方。但是我们只有十天的时间。之后我将进入漫长的冬眠，由于我已经很老了，谁知道我是否还能再醒来。我是能够帮助国王的聪明睡鼠的最后一脉：在我之后，再也没有睡鼠能够成为你的伙伴了。最后请记住：白天，我会进入深深的睡眠。所以我们要在晚上行动。而月亮将是我们的朋友。"

对小国王来说，睡鼠似乎是一个知道自己在说什么的家伙。"你叫什么名字？"他问睡鼠。

它张开嘴笑着回答说："小睡鼠。"它的胡须也跟着往两边咧开。

小国王的心变宽广了，变得像湖一样宽。

夜复一夜，小国王和小睡鼠在古怪王国里游荡，默默地、秘密地为臣民的需求做准备。

就在城堡外有一个家庭：家里有一位母亲，一位士兵父亲，一位祖母和六个孩子。家里面破旧的毯子上面全是洞。小国王从城堡的贮藏室里拿了八条毛毯，是用羊毛做的，柔软而芬芳，并把它们放在那家人门口的台阶上。

城里还有那个独居的老人，雷蒙多，行走困难。

小国王从他父亲的房间里挑选了一根优雅的手杖，上面有一个银色球饰，它展开的形状是一只鹰。他就把它放在雷蒙多家的小围墙旁边。

城里还有两个姐妹，她们的丈夫都去打仗了。她们得了忧郁病，在她们的花园里只剩下枯萎的树根。小国王用手推车装满了城堡花园里的水果，跟跟跄跄地走下陡峭的小巷，把它们倾倒在她们的窗户下。

消息很快传遍了整个村庄。每天早上都有人发现一份意外的礼物：大家纷纷猜测送礼物的人是谁。可能是树林里的地精？还是云中的仙女？或者是财富的精灵？

一堆经过专业切割、用于取暖的木材，一瓶治疗顽固性咳嗽的蜂蜜，一个用来哄睡新生儿的结实的摇篮，崭新的工作工具，古老的童话故事书，一个两掌高的、孩子们从来没有见过的蛋糕，一件可以好好包裹住他们的肩膀的冬季外套，雕刻精美的椅子和凳子，只在梦中见过的玩具，穿上就能做好梦的睡衣，以及可供播撒的种子，还有……

小国王和小睡鼠在夜晚来回奔走，永不疲倦。

仿佛有人在街道上种下了奇迹，没有一个人被遗忘。

生活突然间在古怪王国似乎有了不同的颜色和别样的温暖。

然而，在第十天的晚上，小国王并没有看到小睡鼠的到来：它是否已经开始了它的无尽冬眠？

一阵刺痛让他的心突然燃烧起来。

但他又竖起耳朵，听到花园里传来了一种奇怪的喧闹声。

他把斗篷披在肩上，跑到外面……

多么令人惊奇啊！一切都被金色的火把照亮了。

城里的每个人都在那里，一个人都没少，甚至那些患感冒或背痛的人，那些梦想着不可能的事情的人，那些看不太清又没有眼镜的人，都没有缺席。

他们摇诗琴、摇铃、长笛和手鼓一起演奏。

小睡鼠转了一圈，向所有人揭开了神秘捐赠者的谜底。

接着每个民众的心都被打开了，连皮肤也软了下来，大家都来庆祝。

"为我们伟大的国王欢呼！"他们齐声喊道，因为他们很明白他们国王的功绩大到无法衡量。他们带着小国王欢庆，把他抛向空中，当他飞起来的时候，他认为他的整个喜悦中只缺少一个人：他的爸爸。

然而，广场上传来一阵密集的踏步声，越来越近，是军队胜利归来了。

士兵们疲惫不堪，但很高兴能再次回到家乡。

现在盛会已满是人，从远方赶来的老国王已经明白了。他拔出剑，指向高处，并大声宣布："我们伟大的小国王万岁！"

***

那位小国王真是个英雄！孩子们拍着手，也喊着："万岁，万岁！"

吉诺在他们的欢呼声稍稍平息后说："亲爱的孩子们，我今晚很累。我就不陪你们了。现在穿过森林的路你们都认识。你们知道在哪里可以安全地踏上你们的归途，你们知道在哪里可以安全地握紧你们的手。你们可以独自前行。"

他们惊讶地看着彼此，他们是如此习惯于伴随着吉诺的手杖在石头上敲出嘀嗒作响的音乐前行……

但他们也想让他知道，是的，他们能够独自回家。

他们想到了小国王。

当他们回到家时，他们想看看他们是否能够到窗台。

结果如何呢？事实上，他们的身高早就远远地超过了窗台的高度。

第二十二章　禁止死亡

那是自孩子们开始去吉诺那儿以来最激动人心的日子之一。

当他们到达时，并没有看到那个小家伙。它能去

哪里呢？

他们在牛棚发现了它。

一头刚刚出生的小牛。多么令人激动的场面！

它全身湿漉漉的。一股淡淡的蒸气正从它的毛中升起。它紧紧地依偎着正在轻轻舔着它的母亲。它的眼睛睁得大大的，很好奇，一切对它来说都是新的。

孩子们站在那里安静地看着它。他们的眼睛无法从它身上移开，每只眼睛都睁得大大的，充满了好奇。

他们正在发现生命的另一种魔力。

吉诺很高兴。当家庭成员壮大时，他总是很高兴。

然后他们留下牛妈妈与幼崽安静地休息。

那天晚上，轮到费德里科来完成禁令发布任务。他们在看到这一切之后，想要集中注意力做别的事儿是不容易的。

但吉诺鼓励他。于是费德里科走到下面，那天他上半身光着，看起来像个年轻的战士，用右手举着旗子说：

禁止死去

即

> 你们这些伟大的人类，多么伟大的发现！
>
> 多么伟大的发明，多么开阔的道路！
>
> 你们一切都知道，没有什么让你们害怕。
>
> 你们总是给人留下美好的印象。
>
> 那么你们告诉我，告诉我为什么
>
> 你们不能创造出没有死亡的世界吗？

从牛棚半开的门里还可以隐约看到小牛。

它的母亲继续舔着它，并不时地用自己的大脑袋轻轻地蹭着它。

吉诺被感动了，被新的生命和孩子的童谣所感动。

"好样的！说得好！"他轻声说道，用他的目光拥抱所有人。

他们在厨房安静地吃东西。牛棚里的幼崽也学会了吃奶。

然后他们所有人都紧紧围绕在吉诺身边，好像吉诺是一只气球，避免他升上天空，然后消失在蓝蓝的空中。

而吉诺，再次为一个故事赋予了声音和生命力。

***

传说中的瓦伦蒂娜号

火车头瓦伦蒂娜，被大家称作"传奇的瓦伦蒂娜号"，已经进行了成千上万次的旅程。她带过数百万人兜风，谁又知道她有多少节车厢呢？

多少等待，多少梦，多少相遇，与瓦伦蒂娜号相关的多少回忆与思绪多么美妙！

瓦伦蒂娜号上似乎有一切迷人的场景：探出窗外的挥手告别，飘舞飞扬的手帕，一场充满喜悦的抵达，大大小小的行李箱、小提包和帽盒，趋避寒冷而裹得紧紧的大衣，飘扬的围巾，五颜六色的鞋子沿着站台快速地相互接踵。果断的、不坚定的、沉重的、优雅的、急切的脚步，以及小幅度的优雅跳跃。喇叭里传出响亮声音，看向时钟的视线，在门口处的拥抱，第一次出行的人的兴奋，为了尽快到达的奔跑，还有那眼睁睁看着火车已经远去，已经离开的场景。

瓦伦蒂娜号为了她的出发和到达，鸣笛了成千上万次。

在车厢的座位上，无数的故事被诉说，交织在一起，走过了世界的各个角落，口口相传，心心相通。

现在，瓦伦蒂娜号不得不退休了，在这个城市的每个人都很遗憾，甚至在更远的地方，只要那里的人们知道她，都为此感到遗憾。

但她已然疲倦了，很幸福但很疲惫。

她度过了为人们远行服务的一生。

最难过的是留着长长的黑色胡须的站长凯撒。瓦伦蒂娜号的历史几乎和他的故事一样长，从他在车站时起，瓦伦蒂娜号就在那里了：那时他还是一个皮肤光滑的小男孩，没有一点胡子，当他第一次见到她，他心中就产生了思乡之情。

而瓦伦蒂娜号如今已经被安排在一个"死去的"站台休息，就在中断了的轨道中停着，靠着墙壁，再也不去任何地方。

人们经过时，看着她，露出淡淡忧伤的微笑。

多么好啊，当她还在那里的时候，就像妈妈一样圆润和多姿多彩，她让每个人都感到安全。一看到她，你就会生出想旅行的念头。

现在她就停在那儿一动不动，但人们可以看出她有多难受和辛苦：对于一个总是习惯远行的人来说，待在那里什么也不做也是不容易的。

当学校的孩子们来看望她时，她就很高兴，声音变得欢快，眼神也变得充满好奇，孩子们让她感觉到自己仍然有价值。

关于她，有很多故事可以讲，甚至是精彩的冒险经历！比如她带着乔治去参加他的毕业典礼，是的，她很害怕迟到。虽然乔治穿着西装打着领带，举止无可挑剔。瓦伦蒂娜号却和坐在座位上颤抖的乔治一样紧张。

又或者是佛朗切斯卡和安东尼的蜜月旅行，他们的父母在站台大喊："新婚夫妇万岁！"

而孩子们的远足旅行，她也承载了很多次。准确

地说，应该是数都数不清。

但有一天凯撒站长的桌子上收到了一封信。里面有一张纸，上面写着几天之后瓦伦蒂娜号会被带到铸造厂，在火的锻造下，她将重新变成钢，用来给其他东西赋予生命。

凯撒顿时变成了一个大孩子，你们想象一下，他从椅子上跳了起来。他热爱瓦伦蒂娜号，尽管这份热爱隐藏在了他的胡须后面。

他拿着摄像机从办公室出来，为瓦伦蒂娜号提供了他们都没有给主席提供过的服务，他给瓦伦蒂娜号拍了照，甚至给她的火车灯拍，一张接一张地拍。

接着，他登上火车，让瓦伦蒂娜号发出了两三声漂亮的鸣笛：还能鸣笛，真是奇迹！还像一个小姑娘似的。

听到鸣笛声，所有人都以为他们的火车就要出发了，他们跑到站台，这样他们得跟她做最后一次告别。

再见了，瓦伦蒂娜号！

没有她，谁知道将会怎样，站长凯撒想："肯定不会再和以前一样。"

而站长，因为把瓦伦蒂娜号完完整整地好好看了一遍，感动到胡须都在颤抖。但没有人注意到，也没有人明白。

　　几天过去了，几周过去了，几个月过去了。

　　火车站这里一切又恢复如初：人来人往，鸣笛声，鞋子，围巾，旅行箱，大衣，拥抱，告别，时钟。

每天的生活，从来和前一天不一样，也从来和后一天不一样。

在候车室里，墙上挂着瓦伦蒂娜号的照片，是凯撒骄傲地贴上去的这些照片，因为他不想她被遗忘。

但这几天也有一个大消息。

城市里有了一个崭新的站台，五号站台。在其他火车站从来没有超过四个站台，五号站台是人们津津乐道的新闻之一。他们在酒吧、超市、理发店与药店里都在谈论这个消息。

五号站台铺设了光亮闪烁的钢铁轨道，年轻的火车头在上面全速驶过，后面拉着一长串的车厢。从这个站台出发将去往很远的地方，比其他站台能到达的地方都要远得多，也许会去到世界的尽头，也许更远。谁知道呢？

所有人都想在五号站台乘上火车，他们排队，车票像面包一样卖得火热。

所有人都想知道它驶向哪里。

他们不知道的是五号站台就是……"瓦伦蒂娜号"。

是的，没错，正是她！她变成了一条给其他火车

228

行驶的"路"。

最有魔力的路。

凯撒在他的黑胡子的遮挡下露出了一丝笑容，他想这样就能让她再陪在自己身边好多年。

他之前就知道那并不是永别——可能只是再见。

他神话般的、难以忘怀的瓦伦蒂娜号！

***

孩子们应该也很乐意在五号站台坐上那列火车。

吉诺也是一样，在五号站台上车，去开始他如此渴望的旅行。

第二十三章　禁止禁止

孩子们发明了很多条禁令。现在他们已经厌倦了当反叛者。

他们想要自己的妈妈和爸爸。

所以他们决定发布最后一条禁令。

是马可，这个领头羊，这个指挥官，在吉诺面前宣读了这条禁令。海报被平整地展开，"禁止儿童队"的旗帜在他的左手拿着。

禁止禁止

即

　　禁止的。禁入的。不被允许的。被否定的。

231

排除。隐藏。沉默。避开。

尖叫。斥责。责罚。责骂。

一整天板着脸。

打倒规则！打倒禁令！

"禁止儿童队"的自由万岁！

当他们朗读禁令的时候，孩子们互相看了看。

然后他们大喊："但我们还可以来找你，对吗？"

吉诺笑了笑。"当然，"他说，"还有我们好吃的番茄酱汁意大利面呢。"

"还有故事！"孩子们补充道。

"当然，故事那是肯定的。"吉诺回答。

他们吃了起来。

然后，在蜡烛的照耀下，就像第一次发生的那样，吉诺从他的嘴里吐出一个神奇的故事。

打倒诺玛（规则）

和每天晚上一样，妈妈给卢多维卡和加布里埃尔

232

讲了一个故事。

"我的朋友安娜，你们认识她，前段时间，她邀请一位同事去她家。她想：'这样我就能多了解她一点了。'

"这位同事的名字叫诺玛。

"她们约在一个星期天的十点钟在安娜的家里见面。但诺玛在中午时才到达，毫无征兆地迟到了两个小时。

"诺玛翻过大铁门，花了很长时间在花园里徘徊。她玩起了踩踏花坛的游戏，没有放过任何一个植物。

"当再也没有一朵花还挺立时，诺玛开始感到无聊，并决定进去看看。当她看到后面有一扇开着的窗户时，便爬上窗台，跳进了厨房，她的沾满泥的大靴子发出难听的声音。

"安娜在徒劳地等了她的客人很长时间后，恰好正在收拾桌子，被吓到的她发出了一声可怕的尖叫。"

卢多维卡和加布里埃尔瞪大眼睛看着他们的母亲。

"但是妈妈，这不是一个真实的故事，对吗？"

"当然是真的，而且真得不得了。"

妈妈接着说："诺玛没有在问候中浪费时间，直接说'我饿了'，她张着嘴嚼着她的口香糖。然后用手把口香糖从嘴里拿出来，并把它粘在了桌子下面。

"安娜立即准备并端上了各种美味佳肴。

"诺玛吮吸着盘中精制的牛肝菌汤以便发出难听的噪声，这样的声音让笼子里的金丝雀都烦躁不已。接着，她对着日历吐出橄榄核，享受地玩着打靶练习。最后拿起一块覆盆子蛋糕，她一点也不喜欢，并把它扔给了猫咪'喵喵'。喵喵直往客厅逃跑，准备躲在沙发下面。这时，诺玛满手的油，却在印度丝绸做成的扶手椅上伸了个懒腰。然后睡了个好觉，鼾声像蒸汽机车一样。当她醒来时，她说她想到市中心去走走。为了舒展筋骨，她穿着靴子在沙发上跳了几下，弄破了靠垫套。

"这次喵喵跳了出去，之后三天半都没有出现。"

"妈妈……你确定你没有弄错什么事吗？"卢多维卡和加布里埃尔问道。

"我确定没错，就像白天一定在黑夜之后一样肯定。"妈妈回答说。

她接着继续讲："安娜穿上她的鞋子和外套，走了出去。诺玛在道路中心线上玩走平衡木，挡住了所有的交通，堵住的车流里还有一辆鸣着警笛的警车。然后她厌烦了，开始向房屋的窗户扔石头。当她又厌倦了这种消遣时，她走进了一家糕点店，用舔过的手指摸遍了所有的糕点，然后她又拿了一些巧克力放进口袋里，没有付钱就离开了。接着她们去了电影院。诺玛越过了整个等待买票的人进入大厅。她坐了下来，把脚放在前面的椅子背上，紧挨着一位梳着优雅发型的女士的头。当电影开始时，诺玛开始大声唱起了她最喜欢的歌手的歌曲。然后她又走进卫生间，为了找点乐子，把所有的卷纸都散开滚在地上，用擦手纸叠飞机。最后她出去的时候，所有水龙头都没关，水都哗啦啦地流着。"

"啊！现在我们明白了，你在和我们开一个玩笑。"卢多维卡和加布里埃尔说，他们松了一口气。

"想想都不可能！"妈妈回答说，并继续讲故事。

"现在已经快到晚上了。诺玛把她吃过的所有巧克力包装纸都扔掉了，并强迫推着婴儿车的母亲们让开路。她向一位问她贝拉维斯塔酒店在哪里的先生提供了虚假信息，让他直接去了城市的另一边。她用一支不可擦除的黑色毡尖笔在广场中央的白色大理石雕像上画满了图画和脏话，并将她刚刚擤过鼻涕的纸巾扔进了喷泉。她假装没有注意，踹了一辆停放着的自行车，只是一脚，车就倒下了，车铃、大灯和一个踏板都摔坏了。最后，她对安娜说这是糟糕的一天，一点也不好玩，因此她要回家了。"

"妈妈！"卢多维卡和加布里埃尔一起说道，"这样的人我们永远不会邀请她来我们家！"

"我也不会，亲爱的，我也不会。而现在，晚安吧！"

***

"多么令人难以忍受的朋友啊！她的行为不遵守任何规则，没有人想要邀请她！"孩子们惊叹道。

然后陷入了沉默。

他们每个人都走近吉诺，并拥抱了他。

吉诺闻到了牛奶、谷仓、树脂和家的味道。

他长长的胡子使孩子们的脸颊发痒。他那粗糙的、瘦骨嶙峋的手紧紧握住了孩子们的小手。

"明天见！"他们又说。

吉诺笑了。

第二十四章　远行

　　第二天，孩子们争先恐后地看谁先到吉诺家。他们在小路上奔跑，像罗宾汉的箭一样。时不时地有一些石头从他们的脚下滚出来，他们一直往下跑，跑到了"禁止小镇"。

　　刚出森林，一走到通往吉诺家的大坡草地上，他们就从远处看到了那张海报。它就挂在门上。很大，白色的，上面写着大大的黑字。

　　他们立即明白了，但假装什么都没发生。

　　吉诺没出现在任何

地方。他们在树上和马厩里寻找他（刚出生的小牛已经站起来了，叉开它的小腿四处张望），在草莓丛中和厨房里寻找他，在树林里和大橡树下寻找他，在草坪上，在绿草和蚱蜢之间，或在摇椅上寻找他。

他不在那里。他就是不在那里。

最后，他们决定阅读海报。

马可读着它，右手紧握着"禁止儿童队"的旗帜。

那是一封来自吉诺的信。

亲爱的孩子们，

你们不会相信的！

还记得我经常和你们提起的那次旅行吗？

那次我一直想去的旅行？

我终于可以去了。

多亏了你们。你们的勇气感染了我。

我本来也不相信，你们知道吗？然而……我已经在这里，在五号站台的火车上。

我不知道我会去哪里，我会到达哪里，我什么时候会回来。

但像所有的旅程一样，这一次也一样重要。

我很激动，是一种快乐的心情。

正如你们现在，当你们来到我的家门口时，额头上冒着汗，手里攥着你们的旗帜，你们是如此美丽。

因此，我留下了这所房子、动物还有所有这些东西交给你们照看。

我知道你们会摆脱困境的。

这个夏天和你们在一起是如此的美好！

我希望能很快再见到你们！

你们的朋友吉诺

一些孩子哭了。

有些孩子跺着脚说："不，这不算数。"

还有一些孩子保持沉默，双手垂在身体两侧，看着蚂蚁们在草叶之间快速移动，每一只都驮着一小块食物。

一股轻轻的风已经升起，轻柔地抚摸着孩子们的头发，把被草、泥土和草莓弄得脏兮兮的旗帜吹得飞扬起来，旗帜上有几处还夹杂着松针，有些破损了。

孩子们都开始工作了。

他们打扫了厨房。他们整理了马厩。

他们用新鲜的草和水填满饲槽。他们爬上木梯子去收集鸡蛋、水果。他们照料小牛，用稻草和毯子为它铺上柔软的床。他们给花浇水。他们去摘草莓和蘑菇。

最后，他们用吉诺花园里的西红柿准备了酱汁，并揉好了意大利面团。他们把面团摊在厨房的桌子上，然后小心翼翼地把它晾在棚架上。

那天晚上他们没有吃饭。

但是他们准备了大量的邀请函。

第二十五章　禁止错过

那是一个美丽的日子。天空是耀眼的蓝色，阳光温暖了皮肤和大地。

孩子们从下午就来到了吉诺的家。

他们一直在努力地干活儿。

首先是履行吉诺信中的所有职责。

然后，他们将桌子搬了出去并摆好，铺上了各种颜色的桌布。他们在每张桌子上都放了装满鲜花和野草莓的花瓶。

最显眼的是那本红色的笔记本，封面是硬的，上面写着:《新禁止法典》。

在栅栏上，他们贴着海报和吉诺的信。

番茄酱汁在锅里咕嘟咕嘟地煮着，热气腾腾，它

散发出一股美妙的味道，这股味道是……吉诺的味道。

他们把意大利面扔进两口大锅里。

然后他们等待着，搅拌着。

等待着父母们的到来。

昨天孩子们发出的邀请函上写着：禁止错过聚会。